星夜遥寄

蔡建和　著

CNS 湖南文艺出版社

蔡建和，1960年8月出生，湖南常德人，毕业于湖南师范大学中文系，现供职于湖南省直机关，长期担任省直和市县领导职务。近年开始文学创作，作品散见于《人民日报》《光明日报》《中华诗词》《湖南日报》等报刊和新媒体。

賀建和先生詩集出版

詩書養心天地寬

文選德書

序

廖可斌

此前已有机会拜读建和兄若干诗作，深感亲切有味。原以为他只是公务之余，一时兴发，偶尔为之。但这本《星夜遥寄》就选录了210余首，没有选入的应该还有不少，才知他是有意为之、用心为之。

读罢这些作品，我认为它们的价值，就在于反映了一个特定群体在特定时代的精神世界。这个群体就是所谓七七级大学生，这个时代就是改革开放的四十余年。作为“文革”结束后恢复高考录取的首届大学生，七七级大学生（七八级和七九级的部分同学也一样）具有如下两个突出特点：一是大部分来自农村和小城镇，对那个时代极端贫困的生活有刻骨铭心的记忆，深知父母含辛茹苦养育自己之不易，同时，也曾拥有一段无忧无虑的青少年时光，与贫瘠但基本保持原生态的青山绿水有过亲密接触。二是具有理想主义精神，关心国家以至天下。这是青少年时代所受教育的结果，也是二十世纪八十年代那个充满激情的岁月赋予的特有气质。在晚辈看来，这一代人总有一股不知哪来的激情。在很多事情上，不是晚辈显得比长辈幼稚，而是长辈显得比晚辈天真。

《星夜遥寄》中的诗作，正好主要包含了两大主题：“乡土眷恋”与“家国情怀”。作者对家乡的亲人、田园无比思念，对农村风光、山川草木充满柔情。颇有意思的是，作者肯定也调研考察过不少工厂企业，但只有走进农村、走进自然时，他才会诗兴盎然。如《春访农家》：“三月江南景气新，韶阳一出起轻尘。弥田粉彩菜花垄，秀水柔荑杨柳滨。少小牵鸢追乳燕，翁婆撒种赶头春。惊禽不识外来客，一路扑腾报主人。”作者的喜悦之情溢于言表。又如《回乡感怀》：“小河水浅鸭浮闲，豌豆菜花蓬路间。黄犬吠声追草陌，稚童愣眼怯生颜。当年杨柳犹吾种，今日乡邻当客还。祭祖归途逢故友，唏嘘巨变祝平安。”作者的这种感受，会引起无数有同样经历的人的强烈共鸣。当然，这一部分中最感人的篇章，还是《星夜遥寄》。该诗回忆幼年时依偎在慈母身边认星星的情景，历历在目，如闻声息，读之让人心中流淌着温馨与心酸。作者以此诗题目作为整部诗集的书名，足见母爱在他心目中的地位。

人生和社会有四种状态：从不好到不好；从不好到好；从好到好；从好到不好。其中感觉最差的不是从不好到不好，而是从好到不好；感觉最好的不是从好到好，而是从不好到好。我们这一代人，很幸运地碰上了一个千载难逢的最好的时代。中国改革开放四十多年来所发生的变化，真可谓翻天覆地。我们是这一进程的见证者、受益者，也是参与者，因此对祖国取得的每一项成就，都深感喜悦和自豪。

建和兄因为长期从事党政管理工作，这种责任感、成就感就更强烈。这里仅举《戊戌元宵赏灯》一首为例，就足以见出他发自内心的喜悦和自豪：“碧海青天一月闲，繁星闪烁洒人寰。碎莹缥缈楼桅动，流彩漾波车水潺。火树银花生暖意，良宵美景展欢颜。嫦娥不悔偷灵药，乘坐神舟尚可还。”末尾一联，我孤陋寡闻，不知是否有人写到过。如系建和兄首创，则堪称神来之笔。

建和兄选择了旧体诗的形式，这肯定与他的学科背景有关。相对而言，乡土眷恋和家国情怀，比较适合用传统的诗歌形式来表现。但现代人的生活和思想感情与旧体诗的形式之间，还是存在矛盾的。稍有旧体诗写作经验的人都知道，要弥合这种差异，做到既准确生动地表现当代人的生活和思想情感，又遵守旧体诗平仄、对仗、押韵等格律要求，具备旧体诗的节奏、韵味、意境，不是一件容易的事情。有时候有一个好的想法，却不符合格律；调整到符合格律，意味又已大变。当然，反过来说，这也成为迫使作者进一步锤炼字句的压力和动力。在格律的约束之下，作者经过反复推敲，终于找到最佳表达方式，达到格律与内容的完美统一，那是最开心的时刻。在这方面，建和兄毫无疑问耗费了大量心力。他的不少诗句，就达到了这种水平。如《惜春》前两联“布谷声声惊晓梦，晨曦初上夜星沉。千山碧绿嫩如玉，一地明黄灿若金”，《初夏喜晴》前两联“云开日出见新晴，翠鸟依人啼晓清。点点苍苔生野径，枝枝碧叶惜残英”，以及《三月喜闻桃江阳泉河村脱贫三首》“前山竹海后山花，林下土鸡塘里虾。村叟柴门迎访客，喜言娶媳砌新家”，都意象鲜明，语句自然清新，颇有杨万里、范成大田园诗之风致。《大雪送干部人才赴吐鲁番途中》直书所见奇景，《水调歌头·洞庭》直抒胸臆，也都达到了守格律而不为格律所缚、纵笔所之、自由驰骋的境界。

总之，情真语切即是诗，情深语妙更是好诗。建和兄的这本诗集，全都情真语切，部分作品更情深语妙。它们凝聚着建和兄的心血，是他献给无悔青春的一束鲜花，献给挚爱的家乡、亲人和朋友的一瓣心香，献给这个伟大时代的一曲赞歌。于他本人而言，他将自己满心的爱倾吐在了字里行间。于社会而言，将来的人们，由这本诗集，可以窥见在这个时代，曾有这么一群人，他们有过这样一段心路历程。

我和建和兄是湖南师范学院（现湖南师范大学）中文系七七级的同班同学，在班上我们两个年龄最小，因此更多了一份亲近。当时的建和兄眉目如画、文静聪慧，使我心折。毕业后他去党政机关工作，我留在学校教书。若干年后的一天，他回母校，我们在路上相遇，他隔老远就用洪亮的声音打招呼："老廖，你好啊！"等到走近，他用有力的大手握住我的手，使劲摇晃，我不禁惊叹于生活环境和工作经历可以给人带来如此大的变化。现在，读到他的这本诗集，我又似乎看到了当初那个建和兄的身影，思绪又回到了四十多年前岳麓山下、湘江之滨的一幕一幕。

2019年8月23日于燕园

（廖可斌，北京大学中文系教授，教育部"长江学者"特聘教授，北京大学人文学部副主任，国家古籍整理出版规划领导小组成员）

自序

虽说四十年前就系统地学习过古典文学宝库中的诗、词，但学习写诗填词是近三四年的事情。有朋友问我，年轻时风华正茂、激情飞扬，怎没见你写诗？我沉吟良久，答非所问：因为老矣。

受当年风靡全国的样板戏、忠字舞、“小靳庄”赛诗会的浸润，少年的我也有过文学梦，考大学时义无反顾地选择了学中文。后为工作前程，匆匆赶路，一点文学情怀早被庸常的劳碌尘封了。如今老之将至，尘埃落定，云淡风轻，人和事、名和利渐渐清晰、远去；快速蹦跶了几十年的心脏慢了下来，开始看得见山、望得见水了。故而我写诗，与当年的文学情结不能说完全没有关系，但更多的是心灵的自我回归，想在静静地聆听与感知世界中，避免过早地荒芜衰老。现在的我，虽少了些许激情，但文学梦或许来得更深沉一点，更纯粹一些。

为我作序的可斌同学讲，我们这代人碰上了一个千载难逢的最好的时代，这点我很是认同。我们比父辈和后辈都幸运，既经历了国家贫穷落后给我们带来的种种艰辛，又有幸见证参与了国家走向发展繁荣的过程并分享其荣光，这种经历让我们见闻更丰富、体验更深刻、思考更立体。少年时无拘无束且又极度贫穷的生活，让我们知道大自然的慷慨丰沛、生活的艰辛不易，让我们懂得爱、懂得感恩，并由此积攒出穷则思变的原动力。成年后，几十年的职场拼搏，虽然也有一些曲折坎坷、酸甜苦辣，但苦中有乐、失中有得。我们清楚地知道今天中国的强大、百姓的幸福和自己的成长是怎么来的，由衷地为生活奋斗在这个伟大的时代和国度感到骄傲、自豪。

“诗可以兴，可以观，可以群，可以怨。”作为一个过来人和时代的受益者，我想把自己的所见所闻所思抒发出来，与更多的人分享，也让自己的后代窥见我们的国家、他们的先辈是怎么走来的，记住自己的根在哪里。尽管自己才力不济，很难达到这样的效果，但努力去做了，也就无悔了。

这本小册子主要收集的是我的近体诗词。一般认为，写近体诗词难在格律，但真正入门了，最难的还是情怀格局、主旨内容。古往今来，近体诗词的题材内容无外乎春花秋月、山水田园、家国情怀、离愁别绪，这些题材古人几乎写尽了，要推陈出新真是不容易。我知道自己成不了大诗人，但还是力求自己的诗要有真情实感，能听得到时代的呼吸，有点意境，有点回味的地方。比如写田园山水，总是以“我”为主并蕴含改革的变迁、时代的跫音；写乡愁离绪、亲情友情，力求紧贴现代人的情感特质和生活节奏，充满感恩和对美好的追求向往；写人物景点事件，总是把昨天和今天联系起来，以古衬今，赞美时代；咏物咏史，也刻意求新，不落旧套。当然想得到的，也不一定都做得到，但在主观上我还是抱有这个念想，有时没有新的意象，哪怕是被诗友们赶着唱和，也宁肯不动笔。

我想，今人写近体诗，不外乎“借古人不逾之法，用古人不易之辞，造古人未见之景，抒古人未发之情”这不二法门，所以应师古而不泥古，唯有写出现代人的情感，写出当今时代的铿锵之声，才能赋予近体诗这一传统文学形式新的生命，自己也才有点成就感，或许还会得到读者的喜欢。

学诗作诗的路也是艰辛的。刚入门，我对诗词格律一头雾水。近体诗词写作，很多人主张写诗用平水韵，填词用词林正韵，且这方面的争论一直没有停止。我的态度是“守正容新，内容为上”，“守正”就是尽可能遵守近体诗长期形成的写作规范，“容新”就是形式服从内容，没有更好的替代时，对用新韵写作持宽容态度。平水韵的十四寒、十五删、一先，还有八庚、九青的韵字，现在读起来都没有区别，这些都只好一个字一个字地背下来。还有一三五不论，二四六分明，怎样不会孤平，怎样拗救，实在是伤透了脑筋。为了把诗词写好，短短几十个字，都要一个字一个字地调，真正地体会到了“吟安一个字，捻断数茎须”的苦处和乐处。“为人性僻耽佳句，语不惊人死不休”，一如贾岛的推敲、李贺的锦囊、孟浩然的眉毫尽落、王维的堕入醋瓮，写诗的过程，我痛并快乐着。

几年写下来，学诗的初衷基本达到，虽然作品水平不敢高估，但我的内心已变得更加宁静澄澈、充盈温润。每天忙完工作，就是读书散步，对着春花秋月、蝉鸣鸟叫、山川流水发发呆，捕捉写诗的灵感。偶尔邀三五诗友小酌一把、互相调侃欣赏一番，也觉得日子过得有滋有味，一些工作生活的烦恼也就随之而去。套用古人的话就是“摄景酿情成句后，为诗辛苦为诗甜”；借现代人高晓松的那句话就是“这个世界不只有眼前的苟且，还有诗和远方”。

我的诗词大多是夜深人静时写作的。万籁俱寂，思绪无疆，我思念家乡的山山水水和一路走过的亲人朋友，感恩时代和生活给予我的点点滴滴，一首首诗词也就随着这些遐想在手机上诞生了，这也是这本诗集为何叫《星夜遥寄》的缘故。

目 录

第三辑

第一辑

人生易老真尤贵

星夜遥寄

晃晃水中灯，莹莹天上星。蛙鸣夜色静，月泻河风清。漫步湘江岸，思绪渐远行。

儿时偎母怀，纳凉屋场坪。夜色笼四野，天河泛银青。青蛙塘里叫，新蝉树上鸣。母摇团蒲扇，教儿认星星。

迢迢牵牛隐，皎皎织女明。两星隔河汉，相爱情义深。启明驱黑夜，北斗导向明。天狼最凶狠，老人性至仁。世间多少人，天上多颗星。星和人相属，命与运共存。

母语渐迟钝，辛劳睡意沉。何星当属我？半晌无回音。摇搡母复醒，佯嗔声轻吟。为母不识字，一生潜悲辛。望儿多读书，当个文曲星。此星掌才艺，教人有品行。

母语情绵绵，滋润我童心。风拂送清凉，月斜夜渐深。母鼾细且匀，入耳好温馨。虽存腹中饥，睡梦亦香宁。梦里星空灿，暖我万里程。

江河星月涌，流水去无声。水去不复返，星月伴我行。仰首问星月，可识当年人？

·品鉴·　“推动摇篮的手，就是推动世界的手。”古往今来，母亲一直是温暖、光明、美好的化身，陪伴一代又一代孩子成长，推动着中华民族一直前行。这首270字的五言长诗，细细读来，颇具汉乐府诗的韵致，出口成言、绝无文饰、浑朴真挚，以平白如话的语言，密密编织出一首深情的颂母之诗。

诗人像一名高明的电影导演，先把镜头摇进现实的湘江岸畔星夜，然后再摇回20世纪60年代的湘北农村星夜，在蛙叫声、蝉鸣声中，稚子依偎在母亲的怀抱，仰望天河认星星。最后，诗人又把镜头摇回湘江岸畔，首尾呼应，形成时间和空间的闭环。

读这首诗时，把“两星隔河汉，相爱情义深”“启明驱黑夜，北斗导向明”“星和人相属，命与运共存”“此星掌才艺，教人有品行”等诗句串起来，诗人儿时“虽存腹中饥”，但有母亲相依相守的温情，诗人的童心富足无比。至此，一幅当代“母亲星夜课子图”跃然纸上，“星夜遥寄”的主旨生动而丰富起来。

忆旧乐三首

过年乐

贫穷度日苦熬煎，老少望穿除夕筵。
叟盼来春风雨顺，孩馋美食饿肠填。
烹猪酿酒围炉话，敲鼓舞狮绕膝圆。
夜半鸡鸣燃竹起，齐观天象祷丰年。

·品鉴· 春节是中华民族的传统节日。在交通闭塞、生活单调、物资匮乏的当年，春节无疑是一场空前的狂欢。诗人从20世纪60年代走来，对那时的春节场景无疑刻骨铭心。

首联点题，贫穷的日子过得缓慢，无论老人、孩子都迫切期待过年，“望穿”，形象真切。颔联讲明“望穿”的缘由：老人盼过年，是希望来年风调雨顺，有个好收成；孩子盼过年，是希望能够吃上几顿美食。读到这里不禁叫人心酸，只有经历过那个贫穷年代的人，才会有这样的体验。颈联和尾联详写过年乐的情形，把我们带到那个贫穷而不乏亲情、简单而不失快乐的年代。浓浓的年味和当今日趋平淡的春节氛围形成鲜明对照。这首诗能唤起对美好传统的记忆。

田野乐

树上攀援掏鸟窝，白条浪里斩流波。
春抓鱼鳝冬掀藕，夏采葱芹秋拾螺。
天籁千回开性慧，童音百啭学莺歌。
可怜今日垂髫[1]辈，笼罩金丝奈若何。

---

①垂髫：古时儿童不束发，头发下垂，因以垂髫指儿童。

·品鉴· 这首诗写童年无拘无束的快乐时光。

前两联，历数童年的种种快乐情形。颈联揭示出这些快乐对孩子们成长的好处："天籁千回开性慧，童音百啭学莺歌。"正是与大自然的亲密接触，孩子们汲取了天地灵气，快乐天成，滋养出勇敢、乐观、聪明等种种优秀品质。尾联转折，"可怜今日垂髫辈，笼罩金丝奈若何"，今昔对比，隐含作者对中国式教育的深沉忧郁。

追影乐

狂奔追影不辞远，忽见光源喜欲癫。
满院人墙无站地，纵身草垛可摩天。
位高幕小眸生涩，曲越声清耳入先。
月落场终林径黑，披星儿伴凯歌旋。

·品鉴· 这首诗截取诗人孩提时代追看电影的画面，再现当年文化荒芜、生活贫穷的时代背景。

在那个年代，偶尔看场露天电影，在农村无疑是天大的盛事，对孩子们是最大的乐事。首联写追赶的过程，颔联和颈联写因迟到找不着最佳站位的无奈，尾联写影散归家的快乐。“狂奔追影”“忽见光源”“满院人墙”“纵身草垛”“位高幕小”“曲越声清”“场终径黑”“披星歌旋”，再现追影的全过程。对时代而言，这是段辛酸的往事，但拂去时间的浮尘，却留给了一代人最难忘的珍贵记忆。

忆旧情三首

母子情

一生无以报答母恩。母亲离开人世32年了，但她的音容笑貌却时时在我眼前浮现。

深宵人静捻灯黄，母纺棉纱儿在旁。
儿诵诗书音韵朗，母拉丝线锭吟长。
书声寄予娘亲梦，纺曲编裁爱子装。
车咏绵绵寒夜暖，春晖难报永铭藏。

·品鉴· 这首七言律诗描写的母亲纺纱、儿子读书的场景，能让很多60后、70后眼眶一热，本是他们当年司空见惯的生活画面，经过诗人的诗心滋养，已升华为永不会忘却的母子深情，读后有一种令人心酸的甜蜜感。

夜深人静，一盏昏黄的煤油灯闪动着温暖的光晕，就着灯光，母亲在纺纱，孩儿在读书；嗡嗡的纺纱声、琅琅的读书声，交织成世间最动听、最美妙的小夜曲。间或，母亲会把目光从纺车转移到孩儿身上，含着欣慰的笑意，出神地凝望正在刻苦用功的小小身影，那是她对未来的全部希望；然后，母亲会更加专注地纺纱，因为她知道，纺出来的一丝一线，都将做成孩儿身上衣，替孩儿抵御所有的寒冷。“书声寄予娘亲梦”堪称金句。

读到“车咏绵绵寒夜暖，春晖难报永铭藏”，总能想到孟郊《游子吟》中的“慈母手中线，游子身上衣”“谁言寸草心，报得三春晖”。母爱似深邃的大海，母爱如春天的阳光，儿女终其一生，都不能报答母爱于万一。就是这种力量，激励着成千上万的儿女不懈前行。

师生情

余一生非常怀念初中的裴力农、胡兴贵、陈维才三位老师，他们都命运多舛，过早离世，常令我叹息不已。

常忆课堂悦读声，恩师形影脑中萦。
少顽不晓光阴贵，性劣尤贪树鸟鸣。
苦口台前诠道惑，婆心私底励书精。
回眸往事伤心处，未懂先生劝学情。

·品鉴· 这首七律是诗人对少不更事的悔悟，读后总能想到罗大佑的歌曲《童年》。

童年顽劣懵懂，贪恋教室窗外的鸟鸣花开，不懂老师劝学时“寸金难买寸光阴”的苦口婆心。可现在回想起来，儿时课堂的读书声是那么悦耳，老师的教诲是那么语重心长，恩师们的音容笑貌是那么亲切感人。只是那段光阴永不再回来，徒增感伤和怅惘。

儿伴情

己亥年立冬前七日，与儿时伙伴餐聚，忆及当年趣事，相谈甚欢。酒酣过后，心戚戚焉。

怀念家山青草塘，每逢霜降满坡黄。
从从野菊繁星灿，缕缕金风硕果香。
发小嬉追争斗勇，鲜花漫插比歌亢。
依稀秋色今还是，梦系当年竹马郎[①]。

---

①竹马郎：典出李白《长干行》中的“郎骑竹马来，绕床弄青梅”，寓意两小无猜的无邪情感。

·品鉴· 这首七律，追忆儿时伙伴的无邪情谊，感叹时光飞逝、青春易老，满满的乡愁。

首联把记忆拉回童年、家乡，中间两联描述与儿伴嬉戏打闹的具体场景。“繁星灿”“硕果香”，极美好；“争斗勇”“比歌亢”，极纯真。“依稀秋色今还是，梦系当年竹马郎”，尾联回到现实，物是人非，多少人生感叹尽在其中。

忆旧思三首

少饿思

童年三月不知肉，辘辘饥肠苦受磨。
日暮荒原寻野菜，夜深梦境摸田螺。
少时困顿开新志，老去情怀忆旧波。
最恨觥筹天物殄，从来家国误奢多。

·品鉴· 这首诗是对饥饿的记忆，更是对盛世的劝诫。

首联和颔联叙事，回忆儿时挨饿的场景，读后令人心酸。但诗人并没有沉溺于“卖惨”，颈联笔锋一转，感叹苦难也是一种财富，境界大开。尾联承“忆旧波”而来，进一步提振全诗，点明题义，鞭挞当下奢侈浪费、暴殄天物的不良现象。

少学思

少年求学若痴狂，何奈乡村僻野荒。
欲拜文奎[1]无偶像，想开心智少书香。
重兴国考承龙运，再继群科起凤翔。
一代蹉跎成往事，十年如梦惹人伤。

①文奎，文曲星和奎星的合称。此处指老师、饱学之士。

·品鉴·　出生在20世纪60年代初期的诗人，其童年和青少年正值“文革”十年。这十年，是知识荒芜的十年。“荒”不仅是地理位置上的，更是知识和教育上的。

经历十年动乱后，1977年高考制度得以恢复，激励了成千上万跟诗人同时代的莘莘学子重新拿起书本，加入到求学大军中，成长为社会的脊梁，中国也由此重新迎来了尊重知识、尊重人才的春天。“一代蹉跎成往事，十年如梦惹人伤。”整篇诗作从文化教育层面对“文革”十年进行了深度反思，一切都已过去，希望悲剧不再重演。

少耕思

早喂家豚暮放牛，暑寒长假耨田头。
练成勤稼百般艺，刻就怜农一段愁。
自幼便知劳作苦，此生尤重稻粱谋。
常铭母教栽秧诀，退后亦能争上游。

·品鉴· 这首诗写少年时期参加农业生产劳动对自己成长的影响。当今不少家长对孩子一味宠着，如读到这首诗，可能会有所触动。

首联回忆参加劳动的具体情形，颔联和颈联写劳动的收获。“自幼便知劳作苦，此生尤重稻粱谋”，可见农业劳动对诗人一生思想的形成影响深远。尾联“常铭母教栽秧诀，退后亦能争上游”，极富哲理，从五代时后梁高僧布袋和尚的《插秧诗》化用而来：“手把青秧插满田，低头便见水中天。六根清净方为道，退步原来是向前。”退后，是插秧的动作，也是为人的姿态，所谓“退一步海阔天空”。

送友之京履新

丙申仲秋，余直接领导郭开朗荣调北京。与他共事三年，相处甚宜，临别赋诗相赠。

来时春渐丽风凉，归去秋高硕果香。
树木十年成美景，呕心两鬓染微霜。
人生易老真尤贵，宦路多艰淡更长。
此去京华天地阔，洞庭依旧是家乡。

·品鉴· 友人到北京履新，临行诗人为他写下这首送别诗，情真意切中，既有对友人在湘工作十年的高度赞誉，也有对友人未来的深情祝福。

首、颔两联写友人在湘工作的时间和政绩，“春”“秋”，既是自然的季节，又是人生的年轮。友人把最美好的年华献给了湖南，十年辛苦不寻常，虽然“两鬓微霜”，但却给潇湘大地留下了树木葱茏、硕果飘香。颈联堪称佳句，既是对友人品质的赞扬，又是作者对宦路多艰的体悟，给人警醒启迪。尾联点明送别主题，对友人深情的祝福和期许，将感情推向高潮。

清 明

蒙蒙烟雨纸钱风，郁郁乡愁游子衷。
千载清明思未已，今年祭扫面难同。
春花有意山原灿，岁月无情世事匆。
呼请亲朋斟满酒，举杯怀祖谢恩崇。

·品鉴· 清明节是中华民族最隆重的祭祖大节，尤其是近年有了小长假后，人们无论身处何方，都会尽可能回乡参加祭祖活动，缅怀祖先。自古写清明的诗很多。这首七律以情动人，写得真切实在、荡气回肠。首联一下子把读者带入杜牧“清明时节雨纷纷，路上行人欲断魂”的氛围；颔、颈两联紧承首联，道出乡思愁衷缘由，“面难同”“世事匆”，蕴含无限感慨，可谓言短而意长；尾联由抑转扬，回归清明主旨：感恩先人、光耀家邦。

丁酉季春喜孙天降

女儿北京临产，余因公务缠身不能前去照看。闻女儿母子平安，大喜，特邀克鑫等老友狂醉。

春雨春风大有年，老夫孙降谢尧天。
仰头长笑出门去，呼友狂奔抱酒眠。
家国千秋承景运，湖湘一脉有薪传。
无边新绿飞丹鹊，北望京华喜欲癫。

·品鉴· 杜甫曾诗云“好雨知时节，当春乃发生”。春天是充满希望的，在这个“无边新绿飞丹鹊”的美好季节，作者的孙子伴随着春雨在北京降临人间，身在湖南的他，喜不自胜，写下了这首七律。

“仰头长笑出门去，呼友狂奔抱酒眠”，极为传神地表达了他的狂喜心情。添丁进口是一个家族的大喜事，但诗人并没有囿于一家之喜，写下“家国千秋承景运，湖湘一脉有薪传”，使得诗作气象大开。

回乡感怀

小河水浅鸭浮闲，豌豆菜花蓬路间。
黄犬吠声追草陌，稚童愣眼怯生颜。
当年杨柳犹吾种，今日乡邻当客还。
祭祖归途逢故友，唏嘘巨变祝平安。

·品鉴· 这首律作，与唐朝诗人贺知章《回乡偶书》有着异曲同工之妙，但比其更有现场感、画面感和代入感。

前两联写回乡之见，故乡既熟悉又陌生：小河弯弯，杨柳依依，鸭群悠游，豌豆花、油菜花开得灿烂茂盛，客人来了，有小狗追着吠叫，有稚童怯生生地打量。颈联写内心失落，“当年杨柳犹吾种，今日乡邻当客还”，物是人非，满含沧桑。尾联叙事，点明诗题，也为前面记事写景抒情注脚，稳稳地收束。

访桃源友人

才名久仰访心邻，穿洞摇舟到古津。
竹挺林深泥径远，鸟鸣牛倦草花真。
飞珠溅玉隆冬暖，激浊扬清灵府[1]春。
昼夜相移全不觉，雄鸡报晓醒痴人。

---

①灵府：指心，精神之宅。《庄子·德充符》：“故不足以滑和，不可入于灵府。”唐代元稹 《去杭州》诗：“与君言语见君性，灵府坦荡消尘烦。”

·品鉴· 自从东晋陶渊明的《桃花源记》问世后，“桃源”便成了世外仙境的代名词。在这首《访桃源友人》中，也隐约可见这种超拔之气，特别是首联中的“穿洞摇舟到古津”，简直就是《桃花源记》中武陵渔人行踪的翻版。

颔联和颈联四句，用类似工笔画勾勒的手法，细细描摹出桃源古津的静谧：竹林深深、泥径悠远、鸟鸣牛倦、草花盛开……也间接衬托出居住在此的友人的高蹈云外。诗人乘兴访友，两人坐而论道，畅谈古今，“飞珠溅玉”“激浊扬清”，不啻一场思想的盛宴。“昼夜相移全不觉，雄鸡报晓醒痴人。”相谈甚欢，忘记时间，诗作到此戛然而止，给读者留下了绵延不断的想象空间，堪称妙笔。

丙申腊八与第迁、波涛同学相聚永州

腊八隆冬遍地霜，相邀千里会潇湘。
笑谈青少惭葱懂，细数同窗糗短长。
莫道庸常无壮举，甘持拙朴免惊惶。
言欢未尽夜深处，又诺新年聚粤乡。

·品鉴· 同学相聚，本是生活中的寻常之事，但读到“笑谈青少惭葱懂，细数同窗糗短长”，会让你我会心一笑：原来，同学聚会都是这样，也许此刻大家已须发尽白，但只要谈起当年同窗生涯，都会回到青春年少，为那段青涩岁月由衷欢笑。笑的是青春一去不复返，笑的是当下面对一切的云淡风轻。

首联、领联叙事；颈联起兴，道出“莫道庸常无壮举，甘持拙朴免惊惶”的人生真谛；尾联又回归叙事，言欢未尽，又诺下次，同学情深非同一般。全诗朴实无华、情深意长、耐人寻味。

春风桃李

寄韵吾师李维琦、彭丙成[1]先生

春风化雨寄情浓，桃李成蹊满域中。
尽阅江湖烟火色，尤思赫石[2]岭枫红。
师恩常伴流年重，利欲渐随霜鬓空。
盛世东君[3]传厚谊，诗怀煮酒与云同。

①李维琦、彭丙成：湖南师大文学院知名教授，作者尊崇的导师。

②赫石：即赫石坡，位于岳麓山湖南师大校园内。

③东君：此处指司春之神。

·品鉴·　这首诗应属师生间的唱和之作。构思缜密、比兴交融，感情充沛、内涵丰富，充满对老师的敬重和人生感慨。

首联比兴起势，以春风化雨比作老师的教诲，以桃李成蹊喻示学生的成长，饱含学生对老师的爱戴感恩之情。颔联紧承首联而来，进一步表达对母校和老师的怀念，历经江湖沧桑、人生百况，初心不改，始终觉得麓山红枫是天底下最美丽的景色，殷殷之情可鉴。前两联备足铺垫，颈联的议论自然脱出，“师恩常伴流年重，利欲渐随霜鬓空”，堪称至情金句，令人眼湿。相信二位老师读到此诗，会为有这样懂得感恩的学生而欣慰。

踏春偶得

柳烟凝雨山溪发，
鸟语晴川遍野花。
物候常新循正道，
东风唤醒井中蛙。

·品鉴· 这首诗情景交融，议论深刻，转接自然，回味无穷。首联就像电影的全景镜头，点题“踏春”。最叫绝的是后两句，突发奇思，由眼前的灿烂春光，联想到自然规律不可阻挡，并警醒囿于一隅的井底之蛙。“井蛙”指谁？令人猜度。不知道现实中什么事情触动了诗人的敏感神经，好端端的春游，却生出这般沉重的哲思。

端午

小园绿树淡斜阳，
满目风禾送粽香。
且就庭荫移案椅，
情关家国滞愁觞。

·品鉴· 此诗颇具田园韵致，特别是“且就庭荫移案椅，情关家国滞愁觞”一句，写出了浓郁的节日气氛和家国情怀。“就”“移”富有动感，暗含时间之长、酒兴之惬；“滞愁觞”写醉态之酣，一个“滞”字毕现诗人与朋友半醉半醒之状。

登岳麓怀广州诸子

羊城分别后，思念未曾休。
叠岭遮歧路，阴云蔽远眸。
寒江依北渚，红叶老南楼。
问候无凭寄，麓山点点愁。

·品鉴· 这首五律写别后相思，缠绵悱恻，在诗人作品中不多见。诗人登上岳麓山，极目南望，想念远在羊城的友人。“思念未曾休”与纳兰性德的“密意未曾休”的愁绪一脉相承。可“叠岭遮歧路，阴云蔽远眸”，再也看不到友人的身影。想寄去一枚麓山红叶，又“寒江依北渚，红叶老南楼”，萧瑟秋风里，红叶也尽数凋零，导致“问候无凭寄”。此时，唯有绵延的麓山静立，无言地诉说着点点离愁。“问候无凭寄”一句，直追南北朝陆凯的“江南无所有，聊赠一枝春”，但反其意而用之：怀念朋友，陆凯尚有一枝春相赠，可诗人却连一枚红叶都找不到了，越发衬托出心中的寂寥；“多情君子，至性诗人”的形象，由此可见一斑。

春 节

春潜除夕入，好梦万民圆。
鞭炮百村接，彩灯千里燃。
从来家国事，总在水舟牵。
把酒酬恩祖，忽生孟女怜。

·品鉴· 春节是万家团圆的喜庆佳节，“鞭炮百村接，彩灯千里燃”，描绘出一幅国泰民安的盛世图景。但是，诗人居安思危，在尾联生出“孟女怜”的感叹。孟女，这里指孟晚舟，华为公司高管，2018年12月1日，被加拿大应美国要求无理扣押。“从来家国事，总在水舟牵。”国是大的家，家是小的国，国和家总是紧紧相连。从诗人对孟晚舟事件的感喟，看到了诗人希望祖国进一步强大的期盼。

由“万家团圆”的热闹春节，想到“万里之遥”的“孟女”，平淡中寄托着不尽的“家国之思”。这种寻常人可见或不上心、可感但不能道的“百姓心态”，正是这首诗最动人心魄的地方。

元宵

天落流星雨，地连鞭炮声。
千村华月照，万户彩灯明。
风带春丝织，人牵柳巷行。
团圆今夜里，忽起别离情。

·品鉴· 自古以来，元宵佳节既是灯节，也是万家团圆之时。在这首诗里，星雨、炮声、华月、彩灯、春风、恋人，一切都是那样美好。

可是，转折之意在尾联陡起，“团圆今夜里，忽起别离情”。欢聚总是短暂的，元宵节一过，此刻团圆的人或许又将离别，特别是外出打工者，往往夫妻分离。字里行间，皆是诗人对普通民众的关切之情。这也是全诗最值得称道的地方。没有这个转折，景色描绘再美，诗人也就是按下相机快门而已。

谷雨次日喜观农事

夜阑听细雨，晨起看飞花。
绿阔村庄远，湖平燕影斜。
牛偎青垄草，机织白田纱。
喜就农家地，攀缘学种瓜。

·品鉴· 这首五言律诗“清水出芙蓉，天然去雕饰”，紧扣诗题“喜观”二字，把作者的喜农情结表现得淋漓尽致。

首联言明时节，“听”“看”二字，既体现了作者对时节的敏感，又是下乡观农事急迫心情的写照。颔联写沿途所见，堪称佳句，“绿阔村远”“湖平燕斜”，尽显农村盎然生机中的寥廓安详。颈联写农事，选择牛偎青草、机械插秧的场景，传统与现代交织，折射今日农村的进步变化。尾联中的一个“攀”字，意蕴无穷，彰显爱农情怀。

家园端午

鳞比层层绿，榴花点点红。
鸟鸣林樾外，水响碧丛中。
云动阴晴替，风吹雨雾蒙。
又闻飘粽味，温润谢恩崇。

·品鉴· 此诗写家园端午景致，以景寄情，饱含对时代的赞许，对生活赐予自己美好的感恩。

首联以绿树红花为起笔，再辅以“层层”“点点”等语，给读者勾勒出一幅既富层次感又色泽明亮的画面；颔联以声代入，鸟鸣啾啾、水流淙淙，和首联的静相得益彰，家园的美好展现无遗；颈联写天气，观察入微，为尾联转折做好铺垫；尾联点出“端午”诗题，以唤起心中感恩的情思为结句，意蕴深远，回味无穷。

在诗人的诗意语汇中，经常出现“谢恩”“感恩”这样的字眼。这不只是词语的重复，应是诗人的某种文化自觉与使命担当，借诗词而“不经意”的一种自然流露：敬畏自然，感恩传统，报效时代！

七 夕

蝉鸣枝上月，风掠芰边香。
露重生寒意，更深起寂惶。
举头星汉邈，拭泪鹊声长。
应别经年久，夫君可念乡？

·品鉴· 七夕，是中国的情人节，是有情人甜蜜相聚的日子，但这首五律却叙写了一个留守妇女“没有情人的情人节”。

七夕之夜是美好的，“蝉鸣枝上月，风掠芰边香”，但由于丈夫外出打工、远离家乡，这些美丽的风景为诗中的女主人公更添几分“寂惶”，她思念焚心、夜不能寐，举头垂泪眺望浩瀚的银河，痴痴地问一句“夫君可念乡？”丈夫外出打工，妻子留守家乡，是当下的普遍现象。诗人从“留守妻子”的角度来写七夕，为格律诗赋予了更多的现实色彩，也彰显了诗人的民生情怀。

除 夕

猴王留稔泰，鸡唱启新年。
守岁春风入，围炉夜话绵。
国强民祉禄，母寿子良贤。
惜取新时景，倾情铸梦圆。

·品鉴· 这首五言律作，围绕家国情怀抒写，言浅意深，意旨鲜明，对仗工稳，层层深入，可称之为典雅纯情之作。特别是写除夕之夜守岁情景的颔联，通过“春风入”这一生动比喻，用以形容国泰民安的祥和之气，而“围炉夜话”这一白描场景，温馨地表现了家人团聚之乐。夜话的内容是什么呢？“国强民祉禄，母寿子良贤”，这是感恩；“惜取新时景，倾情铸梦圆”，这是惜时。感恩惜时都体现大格局、大情怀。

中 秋

中秋千里月，
玉露总相亲。
犬吠闻村野，
空蒙不见人。

·品鉴· 此诗表现诗人对处于社会转型中的乡村的关切，既为生生不息的乡情而感动，又非常含蓄地道出了内心沧桑。

中秋月圆之夜，乡村的一切景物（诗中的“玉露”所指）都是那样美好亲切、宁静安详。“犬吠闻村野”突兀而起，打破宁静；“空蒙不见人”，又陷入一种深深的静默，是写景，更是抒情，蕴含作者对当今乡村空心化的无限感慨。

念 友

栀子应时开，
相思友不来。
花香还若故，
梦醒起徘徊。

·品鉴· 栀子花洁白芳香，杜甫曾为它写下“与道气相和”，刘禹锡也为它写下“且赏同心处”，均为激赏溢美之词，象征着高雅纯洁的友谊，是历代文人墨客思念朋友的深情花语。

这首《念友》，就是借栀子花这个意象，用浅白的语言，怀念一段已经失去的友情（或恋情）。也许，栀子花曾是这段情感的见证者，但如今“花香还若故”，斯人已不在，诗人只好“梦醒起徘徊”，其间深深的遗憾，令人扼腕。同时也暗示人们，当拥有人生美好的时候，应好好珍惜。

鹊桥仙·七夕

金风送爽，丝弦撩恨，情借天河远度。妻儿应是倚门庭，望星汉、愁思无数。

为谋生计，离乡背井，梦里常怀归路。未来祈盼可团圆，永厮守、朝朝暮暮。

·品鉴· 这首词构思精巧，在美丽浪漫的七夕之夜，词人把目光又投向了当今中国人口流动最大的群体——农民工。

上片写相思之苦，借用杜甫《月夜》手法，“今夜鄜州月，闺中只独看”，遥想留守在家乡的妻儿，“倚门庭，望星汉、愁思无数”。由己及妻，由妻及己，相思何苦，令人催泪。下片是丈夫诉说自己不能回家的苦衷，“为谋生计”，不得不忍受离别的苦痛；“梦里常怀归路”，只好把希望寄托于未来。“永厮守、朝朝暮暮”，这既是对坚贞爱情的表白，又是对美好生活的呐喊，读后让人心里沉甸甸的。

水调歌头·除夕

除旧布新日，四代喜团圆。才逢娇女连理，又奉乳孙还。护犊太婆和蔼，小子超萌膝下，嬉笑乐翻天。把酒谢恩祖，沉醉满心安。

享天伦、溯源本、思蹁跹。吾侪幸甚，欣逢华夏勃兴年。回顾前朝乱世，国运飘摇凄惨，多难岂言欢？唯愿家家好，鼎祚永昌繁。

·品鉴· 这首词呈现了一幅四世同堂的除夕喜乐图。上片写“四代喜团圆”“嬉笑乐翻天”的欢聚场景；下片由家及国，原来现在“家家好”的幸福生活，皆因“欣逢华夏勃兴年”，词作的视野随之更加高远，词人的家国情怀也随之彰显。

诗词贵真情，更贵在以小见大。词人由自己一家“四代同堂”的温馨场景，想到了中华民族苦难的过去；由“一家”的“添丁进口”，想到了国家的长治久安。此情也真，此景也小，但唯其真，所以情才动人心魄；唯其小，所以才真切感人。

忆旧游·回乡

又黄莺啼过，春色三分[1]，尽在芳洲。柳暗桃青小，看田翻绿浪，燕点红楼。庭前老树新绽，起舞叙乡愁。喜故侣相邀，频添土酿，一醉方休。

悠悠，过来事，恨旧梦成空，几许闲愁。休怪时无谊，自刘郎去后[2]，紫陌仍留。东风扶柳无力，还在小溪沟。正一抹斜阳，中流或可争上游。

①化用苏轼《水龙吟》中的“春色三分，二分尘土，一分流水”。

②化用刘禹锡《玄都观桃花》中的“紫陌红尘拂面来，无人不道看花回。玄都观里桃千树，尽是刘郎去后栽”。

·品鉴· 全词层次分明，一气呵成，尽显词人真性情。上片写乡情乡景。融合宋词中的一些语汇意境，尽力铺排暮春时节家乡的美景，景因情美，酒因情浓，词人对家乡的眷恋之情跃然纸上。

下片感怀。旧友相聚常常感慨万端，岁月不居，物是人非，旧梦成空。作者没有停留在对青春年华失去的怅惘里，而是豁达乐观、积极向上，恰如结句所谓，“正一抹斜阳，中流或可争上游”，对未来充满期许。

沁园春·长松返乡

沅澧踏芳，德山留范，笔架城舒。看桃源盛会，诗墙雅韵，粮仓稻浪，浩气烟都。洪水滔天，城悬一线，谈笑之间警报除。喜回首，听街头巷语，美誉如初。

还乡致仕闲余，恰桃李春风满画图。忆举贤选能，茅庐屡顾，山堂设讲，灌顶醍醐。荟萃青年，纵情身手，指点后生德不孤。频斟酒，问为官之要，树木之途。

·品鉴· 蔡长松，海南省委原副书记，曾任常德市市长，是词人的老领导。此词表现词人对老领导的由衷钦佩和尊敬。

上片写干事，历数其诸多政绩。蔡长松在常德主政期间，提出把常德建成粮仓、烟都、纺城、酒乡，建设常德诗墙，举办桃花源游园会，极力推动常德开放发展。下片描述其关爱培养干部的良苦用心。“茅庐屡顾”，借用刘备三顾茅庐请诸葛亮出山的故事，说明蔡长松求贤若渴、唯才是举。歇拍“频斟酒，问为官之要，树木之途”，作者对老领导的敬佩爱戴之情跃然纸上。

临江仙·花园漫步

雨过独徊苔径隐，幽香带露风清。蛙鸣月影觅无形。流波光烁处，似有戏鱼情。

忆念老家芦苇岸，湖滩上水鱼惊。奈何楼笋满天撑。童心常葆有，闹市亦安宁。

·品鉴· 身居闹市，心向自然，是这首词的主旨。

通篇都写词人内心活动。上片细描花园静美的夜色，景因心起，心随景变，结句“似有戏鱼情”，巧用联想，托出“童心”，表明家乡的山山水水都在记忆深处，稍有触动就会想起。下片过拍承接“戏鱼情”而来，记忆中的家乡“芦苇岸”“湖滩”“上水鱼惊”，是那么美好，令人心驰神往。第三句又回到现实，一声长叹，“奈何楼笋满天撑”。但词人并没有沉溺在失落之中，笔锋一转，“童心常葆有，闹市亦安宁”，平添超拔洒脱之气，也巧妙照应上片，浑然一体。

浪淘沙·怀乡

烟霭绕纷纷，皎皎波粼，相牵儿伴戏江滨。梦里故园风景好，一晌欢欣。

告老怕寻根，归梦频频，思乡望断洞庭云。遥寄愁心明月里，代问亲邻。

·品鉴· 这首词为怀乡之作。

上片梦境写思乡之切。在一个烟霭纷纷、皎皎波粼的地方，词人与儿时伙伴重逢，尽是故园好景。可好梦不长，“一晌欢欣”四字，道尽词人梦醒之后故园不在的深重惆怅，与李煜“梦里不知身是客，一晌贪欢”的写法异曲同工。下片感怀回乡之怯。“告老怕寻根”，承上启下，看似矛盾，却回味无穷，有着“近乡情更怯”的踌躇。歇拍化用李白“我寄愁心与明月”诗句，抒发对家乡、对亲邻的思念。全篇构思精巧，由思而梦，梦醒生叹，其中心曲引人共鸣。

浪淘沙·同学相会

丁酉暑日大雨，与微微、少功、剑霖、中阳、剑英等大学同学相会，虽分别近四十年，但一见如昨，相谈甚欢。回家后趁酒兴感慨系之。

骤雨正湘江，喜会同窗，浑身湿透又何妨。鬓角虽衰情不改，共话沧桑。

世事总匆忙，且莫慌张，放松心态日时长。且解金龟频换酒[①]，曲水流觞[②]。

---

①金龟换酒，出自李白《对酒忆贺监诗序》："太子宾客贺公，于长安紫极宫一见余，呼余为'谪仙人'，因解金龟，换酒为乐。"金龟，唐代官员的一种佩饰。解下金龟换美酒，形容为人豪放洒脱。

②曲水流觞，晋王羲之《兰亭集序》："又有清流激湍，映带左右，引以为流觞曲水。"古人每逢农历三月上巳日于弯曲的水渠旁集会，在上游放置酒杯，杯随水流，流到谁面前，谁就取杯把酒喝下，叫作曲水流觞。

·品鉴· 同学情真，时隔40年再相会，自然有千般欣喜，万端感慨。在词人的笔下，同学情谊真挚动人："鬓角虽衰"，但个个仍跟当年一样，友情不改，纵使狂风骤雨，也阻挡不了赴会的脚步。"世事总匆忙，且莫慌张，放松心态日时长。"这是阅尽沧桑后的人生开悟，年华老去并不可怕，最重要的是珍惜当下，词人的洒脱豁达由此可见一斑。

踏莎行·怀旧

刷朋友圈同学们晒出大学入校40年的照片，一桩桩青春往事浮现在眼前。

冬去春来，鸟鸣翠柳，眼横碧水眉峰秀。当年砚席面寒窗，无暇美景羞牵袖。

岁月空空，离情依旧，梦残难觅频干酒。相逢已是鬓飞霜，骊歌不再凭栏吼。

·品鉴·　这首婉约词作，真挚地怀念一段美好的大学同窗情谊。“眼横碧水眉峰秀”，化用宋代词人王观的“水是眼波横，山是眉峰聚”而来，设喻巧妙，又语带双关。但是，“当年砚席面寒窗”，刻苦攻读的词人“无暇美景羞牵袖”，留下了匆匆那年、错过伊人的青春遗憾。如今“相逢已是鬓飞霜”，尽管离情依旧，但旧梦已经难以寻觅，只好频频饮尽杯中酒，一同回味当年拍遍栏杆、唱彻壮歌的激情飞扬的青春时代……

鹧鸪天·寄潇湘游诸子

戊戌秋，我与波涛、第迁、黄瑛、小燕、江平潇湘一游，分别后多有诗词唱和。

秋水伊人梦里头，叶零无系独登楼。飞鸿点点云边滞，寒雨丝丝檐底流。

从别后，忆难休，相思无寄更添愁。何当共舀水中月，一醉随舟天上游。

·品鉴· 从题材角度来看，这首词属传统抒写离愁别绪之作，尽写对友人的深情怀念、对友情的无限珍惜。“飞鸿点点云边滞，寒雨丝丝檐底流”，以情造景，以景抒情，把词人思友之切之苦写得淋漓尽致。最值得称道的一句，当数“何当共舀水中月，一醉随舟天上游”，一洗前面词句的凄清之气，隐约可见诗仙李白“了见水中月，青莲出尘埃”的豪放超拔，同时也有类似李商隐“何当共剪西窗烛”的期许。

鹧鸪天·荷恋

丁酉上秋，余与岳阳同仁划船游君山团湖万亩野荷。时值夕阳西下，波光滟滟，船在荷巷中穿行，惊起无数鸥鹭。余与同仁竞折莲蓬、荷花，似乎回到少年。

暑热难禁菡萏红，无猜发小戏湖中。哥扶妹髻花苞俏，妹盖哥头叶笠雄。

莲子熟，笑声疯，惊飞野鹭上云空。渔舟一晃无踪影，荷断丝连入碧丛。

·品鉴· 此词热情讴歌夏日荷恋。在开满荷花的荷塘中，恋爱中的青年男女相互嬉戏，词调清新，极具南朝民歌风味，满满的诗情画意。

"哥扶妹髻花苞俏，妹盖哥头叶笠雄"，以荷花荷叶为媒，情哥哥情妹妹的浓情蜜意，就这么自由无忌地表现出来了，"笑声疯，惊飞野鹭上云空"。纯洁的爱情如此美好，令人向往，也难怪初唐四杰之一的卢照邻在《长安古意》里写下千古名句："得成比目何辞死，愿作鸳鸯不羡仙。"但与古人同题材的词作比起来，词人笔下的荷光湖色，多了流丽的时代清新之味，两小无猜的"荷恋"，多了鲜明的时代昂扬之调。

鹧鸪天·梦回故园

李紫桃青梅子红，瓜棚豆架竹篱丛。黑云跑马时斜雨，稻浪追风常舞龙。

鱼戏水，瀑飞虹，幼童叉射互争雄。忽闻慈母呼归寝，惊起怅思清梦中。

·品鉴· 词人借写梦境，抒发对家乡、对母亲、对儿时朋友的深沉怀念。在他的梦境里，家乡的一切是那么美好，桃李竞芳，瓜棚豆架，天上黑云跑马，田野稻浪翻滚，河边鱼跃流水，孩子们用铁叉叉鱼互比高低……一幅多么生动自然有趣的乡村图画，一个叫今天孩子艳羡无比的农家孩童生活场景。日有所思，夜有所梦，这些儿时场景能够经常入梦，寓托着词人对故园深深的眷恋之情。

最后两句“忽闻慈母呼归寝，惊起怅思清梦中”，转折点题，原来所有的一切都只是梦中美好，故园已远离，慈母已远逝，年华已老去，仿佛听得见词人幽幽的叹息……

夢回故園
歲在己亥夏亞揮於長沙

鹧鸪天·小年

街道渐宽人渐稀，商家歇业起居迟。千家爆竹迎春到，万户香风送灶归。

公务冗，亦相期，天伦未叙岂言疲。家山遥望星光里，外去乡亲可是回？

·品鉴· 这首词足见词人的民生情怀。

“家山遥望星光里，外去乡亲可是回？”这是词章里最为出彩的两句。小年到了，春节也就不远了，尽管此时词人自己“公务冗”，但他仍热切地关注着外出务工的乡亲们能不能如期回家，和家人共享天伦，字里行间，冰心可鉴。

喝火令·送友人

惜别友人调东北任职

银燕破空去，云程正坦途。雾深垂泪楚山孤。此别水重山复，相念待何如。

雪化肥芳土，春来绘彩图。白山黑水[①]任君锄。好望花开，好望惠风扶。好望勒功渤海[②]，把酒对红炉[③]。

---

①指长白山和黑龙江。亦泛指我国东北地区。

②化用成语“燕然勒功”而来，指建功立业，典出《后汉书》：东汉将军窦宪率领汉军及南匈奴、东胡乌桓、西戎氐羌大破北匈奴之后，封燕然山，勒石记功。

③化用白居易《问刘十九》诗中的“绿蚁新醅酒，红泥小火炉”。

·品鉴· 这首词，上片写惜别，下片写祝福，柔情和阔达交织，淋漓尽致地渲染出词人对远行友人的依依不舍，对友人美好前程的深切期许，读来令人为之垂泪，也为之展颜。“白山黑水任君锄”“把酒对红炉”，既有建功立业的大境界，也有朋友相聚的小确幸，壮心柔肠，交相辉映。

《喝火令》是词牌中最严谨的词令。这首词在格律上也堪称完美。上下片起句对仗，下片四、五、六句用三个“好望”，情感层层递进，上下片结句相互对应，“把酒对红炉”是“相念待何如”的具体表达。

喝火令·答友人

与大学诸同学唱和

历历寒窗事，悠悠砚席情。蓦然回首慰平生。曾是一时骄子，意气摘天星。

岁月无长驻，人生总转萍。鬓毛凋谢亦风清。更有诗歌，更有竹兰馨。更有梦中风月，唤我踏云程。

·品鉴· 这首词，翻唱了中国古典诗词中感叹岁月老去、怀念友人的命题，词人一反古人纯粹的伤春悲秋、感怀怨别的情调，别出心裁地传达出不惧年华老去的豁达。“曾是一时骄子，意气摘天星”，与友人共同怀念当初书生意气的岁月时光，也映衬出如今年华渐老的现状。到了下片，词人没有沉浸在“人生转萍”“鬓毛凋谢”的叹惋里，笔锋一转，用“诗歌”“竹兰馨”“梦中风月”“踏云程”来收尾，尽现刘禹锡“莫道桑榆晚，为霞尚满天”的豁达与淡定从容。

苏幕遮·思念

夕阳斜，江水漾。波淼浮金，点点渔帆往。山抵穹庐暝色莽。携侣黄莺，昵语枝头上。

自分离，常守望。伫立长堤，空看人相向。春去夏临蝉又唱。可叹栀花，月下谁来赏？

·品鉴· 这首词抒发了真挚的思念之情。“携侣黄莺，昵语枝头上”，暗示出词人曾经历过的一段美好过往，但在“春去夏临蝉又唱”中，年华流转，人已分离，最后空余一声叹息：“月下谁来赏？”思念的惆怅，令人黯然神伤。那么，这份思念的投注对象是谁呢？也许是青梅往事，也许是曾经恋人，也许是远行朋友，也许是再也回不去的青春年华……究竟是什么？任君想象驰骋。

全词写景抒情，连绵不绝、充盈天地，情景融洽无间，情调明丽开阔，有宋代词人范仲淹的沉着雄健遗风。

第二辑

彩卷徐徐看不足

泛舟江上

秋风淡扫暮烟沉，夕照湖光万点金。
雁鹭横空遥比翼，云舟漾水漫随心。
已飘香熟嘉禾远，至满杯醇村酿斟。
彩卷徐徐看不足，归来新月过疏林。

·品鉴· 一个秋日，诗人泛舟江上，在天地之间看到了一幅绝美的金秋暮景图，他便用清丽的笔，细细“临摹”出这首诗作，超逸诗韵，可以看到唐代山水田园诗的影子。

颔联极工极美，颇有王安石“彩舟云淡，星河鹭起，画图难足”的意境。“雁鹭横空遥比翼”，将雁鹭一高一低的飞翔姿态写得极灵动；“云舟漾水漫随心”，把物我悠悠的闲适心态写得极传神。结句“归来新月过疏林”非常空灵，诗人一颗充沛的诗心，正在与大自然对话。

武陵春早

久雨初停云弄日，山间光影转晴阴。
雾如卷絮浮峰壑，水若珠帘滚锦衾。
片片黄花新荚色，声声布谷早春音。
梯田到处翻泥浪，笑语欢歌隐密林。

·品鉴· 这首七律，用动感的语言、欢乐的笔触，铺排出一幅“武陵春早闹春耕”的山乡农家图，腾腾热气，令人过目难忘。

值得一提的是，颔、颈两联细致描摹，“雾如卷絮”“水若珠帘”两个比喻，贴切生动；“卷”“浮”“滚”三个动词十分传神；“声声布谷”一句，承接过渡，既收束了上面自然之景，又开启了下面农事之忙，人勤春早立见。

春访农家

三月江南景气新，韶阳一出起轻尘。
弥田粉彩菜花垄，秀水柔荑杨柳滨。
少小牵鸢追乳燕，翁婆撒种赶头春。
惊禽不识外来客，一路扑腾报主人。

·品鉴· 春意盎然，生趣充沛，色泽明丽，生活气息浓郁，是这首七言律诗最大的艺术特色。

诗作一起笔，便通过韶阳、轻尘、菜花、田垄、杨柳、水滨等江南景致，勾勒出一幅色彩斑斓、春意盎然的农家初春图，一派宁静祥和；到了颈联和尾联，这种宁静则被打破，充沛的生趣扑面而来：放风筝的儿童，飞来飞去的春燕，在田里耕作的老人，一路扑腾的家禽。读到“惊禽不识外来客，一路扑腾报主人”这两句，能不能让你笑着想起宋代女词人李清照的“争渡，争渡，惊起一滩鸥鹭”？对农村生活没有深刻体验的人，绝不会有这样的神思妙语。把这首诗放到唐代山水田园诗里，一点也不逊色。

游 春

向晚枝头看夕阳，满原春色送清香。
飞花幼蝶渠边草，跳水雏蛙田垄秧。
仙露漾荷珠玉亮，瓜藤绕架细丝长。
和风拂面人沉醉，草犬横途留客觞。

·品鉴· 这首七律，用白描手法写出早春时节傍晚乡居生活的美好，“飞花幼蝶渠边草，跳水雏蛙田垄秧”“仙露漾荷珠玉亮，瓜藤绕架细丝长”，皆是乡村生活中常见的平凡景致，被诗人慧眼捕捉，写进诗里后美轮美奂、活灵活现，蕴含着万物在春天蓬勃生长的无限生机，境界立见。

“草犬横途留客觞”是最为传神的一句，草犬横途本是乡间常见之象，但在诗人眼里却成了留客之举，诗人自己在为自己找留下来的借口，其喜悦、沉醉的心情不说也现。

迷仙

天路龙旋霄汉间，忽穿峰壑忽悬巅。
云从谷底生魔彩，雾向湖心洗笋鲜。
水困溪潭声若虎，花开野陌艳如仙。
停车偶遇茶乡女，留我烹茗石涧边。

·品鉴· 这首七言律诗用阔大的视野，再现了山区雄伟奇特、变幻莫测的美丽景色。

前三联用笔奇特，将山路崎岖、山峰险峻、云雾遮天、潭水嘶吼、花开野陌等山景，描写得铿锵壮阔，而且写法颇有创新之处，把山中盘旋的道路、变幻的云雾写“活”了。尾联一句，将原本的亢奋之势，一下子舒缓为宁静平和。整首诗动静相宜、刚柔相济、观察入微，诗人山行体验的沉醉心境展露无遗。

题武陵河街早春雾景

雾笼寒水鸟咴春，岸柳依稀掩古津。
浪吻渔舟情话软，风吹酒肆味香醇。
芦丛不见伐樵客①，石渚多临垂钓人。
司马若观当下景②，诗情漫洒到云巾。

①伐樵客：指刘海，武陵一带为刘海砍樵传说发祥地。

②司马：指唐代诗人刘禹锡，曾被贬朗州（常德古称）司马十年。

·品鉴· 武陵是湖南常德的古称。河街是常德全新打造的特色古街，以老常德沅江边上的原河街为原型，沿穿紫河而建，从西往东布置着麻阳街、小河街、大河街，市井繁华，堪称当代的《清明上河图》。

多雾的早春时节，寒水、啼鸟、岸柳、古津、渔舟、酒肆、芦丛、石渚，都在雾霭中若隐若现。影影绰绰间，浪花拍打渔舟，发出的声音犹如情侣甜软的情话；一阵风吹过，酒香漫过酒肆，直扑游客的口鼻；石渚上茂密的芦丛里，隐约可见垂钓人的身影……所有的一切，都美好得仿若仙境，引得诗人遥想“司马若观当下景，诗情漫洒到云巾”，再为美丽武陵写下传世篇章。

湘西冬景

云遮雾绕日盘旋，冬雨乍晴霞满天。
水落溪清流白石，霜凝山瘦隐红胭。
土家古貌成游景，苗岭新妆兆瑞年。
精准扶贫旗角奋，花迎人面灿如仙。

·品鉴· 前两联写景，后两联叙事，用“两截法”描绘湘西画卷，把湘西冬景与正在如火如荼进行的脱贫攻坚融为一体，是这首七言律诗的最大特点。

最值得称道的是颔联两句，下笔精准，勾勒入微，把湘西冬景的美好，色泽鲜明地呈现出来，极具画面感，静中有动，景中有情，萧瑟中蕴含生机，为开启后两联做铺垫。诗人用“花迎人面灿如仙”来做结句，讴歌精准扶贫的新变化，体现出民胞物与的精神品质。

西溪湿地

摇橹泛舟访水乡，纵横河巷任徜徉。
芦花菱藕野洲远，石拱渔村古渡长。
将相空余豪宅在，词人不废美名扬。
船头波叩说留下①，秋雪沙沙夕照黄。

①留下：据清光绪《钱塘县志》记载，宋建炎三年(公元1129年)七月，高宗南渡，行经西溪，欲建都于此，后得凤凰山，乃云“西溪且留下”，“留下”之名由此而得。

·品鉴· 西溪湿地是杭州的一处国家级湿地公园，自然景观幽雅，文化积淀深厚。这首七律就从这两个方面，对西溪湿地进行了细致描摹。

“芦花菱藕野洲远，石拱渔村古渡长”，画境平静悠远。“将相空余豪宅在，词人不废美名扬”是这首诗的诗眼，既是写景，因为西溪湿地还保留不少封建时代达官贵人的豪宅遗址和两浙词人祠堂，又是抒情，功名利禄如烟云，早已消失在历史的长河里，唯有文脉，弦歌不绝。尾联写西溪十景之一的“秋芦飞雪”，巧用宋高宗“西溪且留下”的历史典故，把史和今、实和虚、人和己勾连在一起，既有对历史的感叹，又有对西溪景色的赞美，还有诗人不舍离去的心境，韵味无穷。

夜航

破雾穿云星汉近，扶摇羽化若仙翔。
悬空海墨桅灯隐，落底星华井陌长。
翼挂瑶池千里月，身临仙境万年荒。
忽闻声报人间到，梦醒霓裳曲未央。

·品鉴·　这首七言律诗用诗意的笔触，描写了诗人夜乘飞机的历程，穿越天地，俯仰古今，尽现雄阔笔力。

“翼挂瑶池千里月，身临仙境万年荒”是这首诗的眼睛。乘坐飞机直入苍穹之后，诗人身处九天之上，看见舷窗外的明月就好像挂在机翼上，不禁思绪翩跹、神接万载，那一瞬间，他好似已穿越到远古洪荒。巨大的静默笼罩整个宇宙，只听得见诗人正在与岁月对话，那种无垠的苍茫感，摄人心魄。

戊戌元宵赏灯

碧海青天一月闲，繁星闪烁洒人寰。
碎莹缥缈楼桅动，流彩漾波车水潺。
火树银花生暖意，良宵美景展欢颜。
嫦娥不悔偷灵药，乘坐神舟尚可还。

·品鉴· 在这首七言律诗里，依稀可见李商隐《嫦娥》的影子：“嫦娥应悔偷灵药，碧海青天夜夜心。”但此诗一反李商隐的凄清孤寂，连用“碎莹缥缈”“流彩漾波”“火树银花”“良宵美景”四个“古人不曾见”的当代意象，写出了当下中国的盛世繁华。尾联“嫦娥不悔偷灵药，乘坐神舟尚可还”一句，是整篇诗作的亮点，堪称神来之笔：古代神话、现代科技，场面大开大合，情绪起伏跌宕；所谓无大格局者，对此无从着手，无大识见者，对此难以抒怀……

初夏喜晴

云开日出见新晴，翠鸟依人啼晓清。
点点苍苔生野径，枝枝碧叶惜残英。
田头青稻苞初发，岭上黄梅果早成。
久雨未迟耕耨事，欣欣万物自承情。

·品鉴· 初夏时节，正值江南的梅雨季节，久雨初晴，诗人喜不自胜。在诗人的笔下，雨后的农村新故相推，一派欣欣向荣的景象，云开日出、翠鸟依人、点点苍苔、枝枝碧叶，“田头青稻苞初发，岭上黄梅果早成”，丰收在望。“久雨未迟耕耨事，欣欣万物自承情”，充满哲思：尽管雨一直下，但万物一直在暗暗生长，幸亏没有放弃耕耘，才迎来了丰收的喜悦。一分耕耘，一分收获，只要不言放弃，万物就会给你满意的回报。

秋韵

秋风又起落烟云，万里晴空绝粒尘。
映日荷塘姿色老，飞天雁阵画图新。
时轮无意予人便，胜景多情顾梦频。
岂为寒蝉伤往事，紫薇绽放不输春。

·品鉴· 这首七言律诗立意高远、饱含哲思，写秋不伤秋，而且直接赞秋、颂秋，与刘禹锡《秋词》中“自古逢秋悲寂寥，我言秋日胜春朝”的赞秋意识一脉相承。

颔联“映日荷塘姿色老，飞天雁阵画图新”和尾联“岂为寒蝉伤往事，紫薇绽放不输春”两联，诗人从时序轮回中，既看到了旧事物的消亡，更看到了美好新事物的孕育与成长，表达出积极乐观的生活态度。

秋兴

霜风未必习丹青，山水涂鸦画自成。
稻浪翻金阳景①暖，芦花飘白玉轮②清。
红枫串串火苗旺，黄杏杆杆铁骨铮。
最喜天高云色淡，相牵明月绕江行。

①阳景：太阳的别称。
②玉轮：月亮的别称。

·品鉴· 这首七言律诗用浓郁的缤纷色彩，描绘出一幅令人心旷神怡的秋日山水画。

颔联和颈联中的“金”“白”“红”“黄”四种颜色对举，具体而形象地展现了秋日独特的动人景色。特别是“红枫串串火苗旺，黄杏杆杆铁骨铮”，更是以物喻人，歌颂铮铮风骨等高洁品质。而尾联“最喜天高云色淡，相牵明月绕江行”，既是实写秋日独特之景，又是诗人高雅情志的真心吐露。

喜沐冬晴

久霾日出喷流彩，光色浅深殊不同。
绿暗红燃层叶灿，山苍水静满原空。
风霜渐老开诗境，天地时新夺化工。
坐沐冬阳酥背暖，半池人影半疏桐。

·品鉴· 冬日久霾后终于放晴，引得诗人诗心跃动，写下这首七言律诗。

前两联写景，首联写天，颔联写地。“绿暗红燃层叶灿，山苍水静满原空”，就像一幅巧夺天工的油画。颈联抒情，讴歌自然的神奇伟大，也彰显诗人的豁达情怀。尾联点题，从宏大的自然空间回归自我。“坐沐冬阳酥背暖，半池人影半疏桐”，闲适中可见岁月静好，透露出“天人合一”的生活哲理和精神境界。

冬日偶晴

一轮红日跃东溟，大地倏然百媚生。
堤岸疏林穿彩线，河间冻水闪晶晴。
昨凭绿蚁[1]愁寒雨，今着轻衫喜暖晴。
天意深深难揣测，由它变幻任心行。

①绿蚁：出自白居易的《问刘十九》“绿蚁新醅酒”。

·品鉴· 这首诗格物寓理。

前两联写冬晴，“堤岸疏林穿彩线，河间冻水闪晶晴”，描摹逼真，堪称佳句。颈联紧扣诗题中的“偶”字借景抒情，“昨凭绿蚁愁寒雨，今着轻衫喜暖晴”，虽来得突兀，但承上启下又很自然。尾联乃全诗的灵魂之句，由“冬日偶晴”的自然现象转到对人生的感悟：“天意深深难揣测，由它变幻任心行。”

湘江源[①]

谁遣天泉飞瀑彩，奔流不息岂辞回？
气冲云壑天关出，浪涌潇湘湖口[②]来。
广纳涓流凝伟力，博钟灵秀育英才。
洞庭风物甲华夏，尽是烟波一路裁。

①湘江源：湘江是湖南省最大河流，发源于湖南省永州市蓝山县湘江源瑶族乡的崇山峻岭之中。

②潇湘：一指湘江的两条支流，二是湖南的代称，这里指湘水。湖口：湘水自南向北流入洞庭湖，然后汇入长江。

·品鉴· 湘江是湖南人民的母亲河。诗人借湘江源头之咏，赞美湖湘文化、湖湘精神。这首诗穿越时空、内涵丰富、大气磅礴、一气呵成，应为现代咏物抒怀的成功之作。

开篇就以“黄河之水天上来，奔流到海不复回”的大手笔，提出了“湘江从何而来？为什么奔流不息？”的中心诗题，然后用拟人化的手法，从“湘江”穿山越岭、逢石开路写起，一直到“洞庭风物甲华夏，尽是烟波一路裁”，这一路描绘湘江之水的“奔流不息”“涓流不弃”，反复吟唱湘江之水的“凝伟力”“育英才”，就是歌颂湖湘文化、湖湘精神的开拓进取、敢为人先、开放包容、务实担当。“一路烟波”，就是千百年来湖湘儿女的上下求索、不懈奋斗的英雄姿态。

乘高铁过华北平原

风吹杨柳舞翩跹，浩瀚蓝空云朵悬。
万顷麦田葱泛浪，千家梨苑雪飞烟。
长河九曲羞回首，高厦百寻直抵天。
春色纷呈迷望眼，银龙箭越过平川。

·品鉴· 在这首七律里，读者可以随诗人一起，登上如同箭越的高铁，倚窗眺望，一览华北平原的大好春光。

风驰电掣，杨柳、蓝天、白云、麦浪、梨花、长河、高厦……诸般景象纷至沓来，色彩明丽、欣欣向荣，诗人的欢快惊喜之情，也随着高铁在飞。麦田葱绿、梨花雪白、车飞箭越，三个比喻突出了色彩感和速度感；杨柳起舞、长河回首、高厦抵天，三处拟人使景物灵动起来，彰显了华北平原与当今中国的勃勃生机。

湘江采风四首

潇湘合流[1]

萍岛九嶷[2]一水边，千年守望两无缘。
帝妃[3]魂断惊天地，遂遣潇湘夙梦圆。

石鼓书院[4]

独占三江立浪头，平沙落雁[5]一亭[6]收。
道南正脉[7]询来处，石鼓还能在上游。

昭山观帆[8]

岳麓盘龙[9]咫尺间，高楼次第隐重山。
昭王沉舸[10]无寻处，唯见船帆淌碧湾。

长岛[11]问答

长问一声起舰船，百年沧海换桑田。

芙蓉国里风光好，谁主沉浮梦已圆。

①潇湘合流：发源于湖南永州蓝山县的潇水，流至古零陵（今永州市）城区的萍岛（亦称萍洲、白萍洲），汇入湘江，称“潇湘合流处”。

②九嶷：即九嶷山，位于湖南永州市宁远县城南，南接罗浮山，北连衡岳。因有中华民族始祖五帝之一的舜帝陵庙，被誉为德孝之源、湘中胜地。

③帝妃：舜帝的两个妃子娥皇、女英。舜帝南巡死在九嶷，两个妃子千里寻夫，也来到九嶷，相思之泪染成斑竹，留下一段遥远而凄美的爱情传奇故事。

④石鼓书院：位于湖南省衡阳市石鼓区石鼓山，始建于唐元和五年（公元810年），迄今已有1200余年历史，是湖湘文化的发源地和湖湘第一胜地。书院由湘江、蒸水、耒水三江环绕，风景绝佳，人文鼎盛。

⑤平沙落雁：潇湘八景之一，位于湖南省衡阳市回雁峰。

⑥亭：指合江亭，始建于唐贞元年间，雄峙石鼓山头，三江景色、衡岳风光一览无余。

⑦道南正脉：清乾隆八年（公元1743年），清廷为表彰岳麓书院传播理学的功绩，颁赐乾隆帝御书匾额“道南正脉”。道南正脉所指，即岳麓书院在思想意识、学术观念、文学艺术、宗教信仰等方面对湖南乃至全国的社会文化意识上产生的巨大影响，是湖湘文化的象征、理学道统的渊薮。

⑧昭山观帆：借古“潇湘八景”的“山市晴岚”而来，在湘潭市境内。

⑨岳麓盘龙：岳麓山与盘龙山。以湘江为界，岳麓山坐落于湘江之西，是南岳衡山七十二峰的最后一峰；盘龙山则在湘江以东，也是湘潭市著名的自然、人文名胜。

⑩昭王沉舸：昭山位于湖南湘潭市岳塘区的湘江之滨。周昭王南征蛮邦，因船沉而死于山下深潭，因而得名昭山。

⑪长岛：指长沙市的橘子洲。

·品鉴·　诗人这组以《湘江采风》为题的七言绝句，加上前面的那首《湘江源》等诗作，粗读觉得只是一般的写景咏物抒情之作，但沉下心来，仔细体味后发现，诗人选取湘江，反复吟唱，借对湘江之源的探究，对石鼓书院的观感，对昭山历史的回顾，对橘子洲伟人之问的回答，所要表达的主题，即是对湖湘文化、湖南精神实质的溯源，以及对湖南乃至中华文明悠久历史的礼敬和对湖湘儿女乃至中华儿女生生不息、一往无前的精神气质，所做的艺术化揭示和歌颂。这是诗人一以贯之的文化自觉与使命担当的一次集中展示，所以感人至深，魅力无穷。

第一首，诗人发挥幽眇的想象，把白萍洲（诗人笔下的爱情岛）、九嶷山拟作人物，因为娥皇、女英与舜帝的爱情故事感动天地，转而帮助分隔千年万年的山（九嶷山）、水（白萍洲），变成了朝夕相守的“潇湘合流”。山、水、神话、凄美的爱情故事，以及诗人探寻湖湘文化之源的求索之心，叠印在唯美的意境之中，读来令人惆怅、使人向往、予人遐想。

第二首，诗人从石鼓书院独有的自然地理位置起笔，饱蘸浓墨，极力写出书院非同凡响、得天独厚的山水之胜，并借对湖湘文化源头的探问，点出其先于岳麓书院的人文历史背景，歌咏其“道南正脉”的巨大文化力量与厚重的历史意义；同时借吟咏湖湘文化的正脉自信，表达出对中华文明的天然自信之情。

第三首，诗人写昭山，看似漫不经心的蜻蜓点水，实则有着力透纸背的厚重意蕴：用最具人文昌盛之隆的岳麓山和最具现代气息之浓的湘潭盘龙山做陪衬，烘托出昭王沉舸的沉甸甸的历史故事；又以诗人不经意的“观帆”，艺术地展现了当今百舸争流的繁荣景象，告诉人们昭王沉舸毕竟去，不废潇湘天地换。

第四首，是“湘江采风”组诗的收篇之作，诗人以“长岛问答”为题，别有新意，独具匠心。这首诗抒情、写景的重点，都集中在长沙市湘江中心的橘子洲上。在风雨如磐的苦难年代，一代伟人毛泽东曾在橘子洲写下著名词篇《沁园春·长沙》，发出了“问苍茫大地，谁主沉浮”的世纪之问。“长问一声起舰船，百年沧海换桑田”，就是描写伟人之问后，中国共产党人带领中华民族的百年奋斗历程。从“芙蓉国里风光好”开始，诗人的思绪从遥远的历史回味中一下转入现实的中国，经过一代代共产党人艰苦卓绝的奋斗，过去苦难的中国已巍然屹立于世界东方。“谁主沉浮梦已圆”，诗题问答中的“答案”，和盘托出，全诗主旨得到升华。重大的主题，诗意地表达，就是这首小诗最成功之处。

西湖

残阳入水一湖红，
山色亭台闪烁中。
多少兴亡今古事，
都随细浪付秋风。

·品鉴· 杭州西湖是一座有着深厚历史积淀的名湖，历代文人骚客都曾在这里留下了“兴亡今古”之思，如林升的《题临安邸》：“山外青山楼外楼，西湖歌舞几时休？暖风熏得游人醉，直把杭州作汴州。”

诗人来到这里，自然也是感慨万千。四句诗三句写景，而且写得朦胧梦幻，尤其末句“都随细浪付秋风”，更是情景交织在一起，为“多少兴亡今古事”做足了铺垫，酿足了感情，道尽西湖的前世今生，意蕴无穷。在西湖的细浪秋风中，到底埋葬了多少烟尘往事？声声感叹，绵密怅惘；借景抒情，情寓景中……

渔人码头

江流寒水夜无烟，
灯火阑珊直上天。
过往渔人无觅处，
空余杯盏待归船。

·品鉴· 这首七绝语句清丽雅致，内涵丰富，诗意颇令人揣度：既有怀古，又有讽今，还有对未来的期许，万端感慨中，饱含议论之辩。

渔人码头是湖南长沙湘江河畔近年打造的一处滨江情景式商业区。前两句写渔人码头的热闹繁华，但三、四句却急转直下，诗人的想象越过这片热闹繁华，“过往渔人无觅处，空余杯盏待归船”，现世繁华，却等不到旧时那一艘载满诗意的归船，一声幽幽叹息，是对过度开发的隐忧？还是对过往历史的缅怀？抑或是对航运业式微的慨叹？恐怕只有问诗人才弄得清楚。

柳叶湖

潋滟波光隐远天，
飞舟鱼贯向谁边。
砍樵刘海今何往？
柳色青青鸟语绵。

·品鉴·　柳叶湖是湖南常德著名地标，被誉为“中国城市第一湖”，因湖面形似柳叶，故名。此诗写游览柳叶湖之所见、所思、所感，展现了柳叶湖的自然风光与人文底蕴。

首两句写柳叶湖之壮美辽阔，游人如织。第三句高问“砍樵刘海今何往”，以柳叶湖刘海砍樵的神话传说入诗，丰富了柳叶湖的文化底蕴。第四句极富余韵，令人回味，既消解了神话传说本身具有的虚构性，又给读者留下了无限的想象空间，显示了诗人于平凡之景营造出幽深明丽之境的独到体悟和高超能力。

采 茶

绿浪飘香接远空，
婆娑树影舞春风。
翠红点点羞云彩，
原是茶仙入画中。

·品鉴· 这首七言绝句描摹出一幅明艳的江南春日采茶图。

“绿浪飘香接远空，婆娑树影舞春风”，诗人一起笔，便将辽阔的茶山铺排在高天之下、春风之中。“翠红点点”写采茶人，在无边无际的绿色背景里，身着翠红衣裳的采茶人遍布茶山，其美丽羞落天上的云彩，一时间仿若仙人降临凡间，极富视觉冲击力和惊艳画面感。

紫薇

五彩缤纷隐绿丛，
娇枝花涌品清风。
羞同万紫争春色，
自在澄秋笑远空。

·品鉴· 这首七言绝句名为咏“紫薇”，实为咏“风骨”。

“羞同万紫争春色，自在澄秋笑远空”两句，与毛泽东的“俏也不争春，只把春来报。待到山花烂漫时，她在丛中笑”有异曲同工之妙，表现出紫薇“傲立寒秋，特立独行”的高洁品格。咏物喻人之旨，晓畅而鲜明。

过永州阳明山

半面山阳半面阴，
云来云散日浮沉。
软风催得百花醉，
陌上樟林落叶吟。

·品鉴· 永州阳明山是湖南省永州市的佛教名山，据传明代秀峰禅师在此坐化成佛，号曰禅宗“七祖”。

“半面山阳半面阴，云来云散日浮沉”，诗人起笔便借阳明山的自然景观，巧妙点出了氤氲在山光云色中的禅意；“软风催得百花醉，陌上樟林落叶吟”，春天里百花盛开，但是阡陌上的樟林却落叶飘飘，两种看似不相容的自然景致，在阳明山却一同出现了，给人强烈的视觉冲击和心灵震撼，其中的新旧交替、生死轮回，令人深思。

道县两河口春汛

三江雨急浪波宽，
菜角青繁蕊渐残。
水涨枝横藏野渡，
停船问讯古槐滩。

·品鉴·　湖南省道县两河口又名双江渡，为淹水、沱江两江交汇，河沙、砾石沉积而成的江心洲，至今五百余年。这首七绝便是描写此地的雨中春景。

两河口水中有洲、洲中有水，水洲纵横交错，放眼望去，宛若三江流淌，洲上的油菜花蕊已渐渐褪去，露出青繁的枝角。雨急、野渡，令人联想起唐代韦应物《滁州西涧》中的“春潮带雨晚来急，野渡无人舟自横”。但此处，却不是韦应物笔下的野趣闲情。雨急、浪宽、水涨、枝横、渡藏，一叶在大雨中随江漂流的小舟无处靠岸，正焦急时，偶遇一户古槐人家，那就停船问问吧，希望能找到泊船之处……此绝句看似表现的是春潮急雨下“一船人”的慌乱之态，实则道出的是一种处变不惊、“路”在问询中的生活哲理与人生态度。

石河子雪霁

石河二月赛江南，
千树梨枝花正涵。
走近方知春尚早，
冰灯摇曳弄晴岚。

·品鉴· 石河子市位于天山北麓，曾是新疆生产建设兵团总部驻地，唐时隶属安西都护府管辖，属西北名城。

此诗写石河子的雪后初晴之景，“千树梨枝花正涵”一句，化用了岑参《白雪歌送武判官归京》中的“忽如一夜春风来，千树万树梨花开”，把皑皑白雪，比喻成在江南早春盛开的梨花，制造出一种时空交错的奇幻之美。诗人有意吸收唐代边塞诗的一些写法，在突出西北风光奇幻色彩的同时，又糅之以情韵，做到了景韵相生，趣味无穷。

矮寨大桥

穿山越岭祥云绕，
倒挂飞虹彩燕翱。
魅力湘西添壮景，
中华工匠独风骚。

·品鉴· 位于湖南省湘西土家族苗族自治州吉首市矮寨镇境内的矮寨大桥，创造了多项世界第一，让“天堑变通途”，是一座穿行在云端的超级大桥，气势雄伟，拔地通天。这首七言绝句就再现了它的奇、雄、险。

中国基建速度和质量，在世界上独领风骚。“魅力湘西添壮景，中华工匠独风骚”，便是对中华建设者的由衷赞誉。

恰比河

历尽艰辛破石峦，
苗家忧乐淌河滩。
长流不息奔江海，
一出乡关天地宽。

·品鉴·　恰比河是湖南湘西的一条河流，是苗族人民的母亲河。这首诗借咏叹恰比河的奔流不息，歌颂苗族同胞为追求美好生活而不懈奋斗的坚强品质。一二句是对苗家儿女百折不挠、生生不息的历史写照，三四句是对苗家儿女改革开放、不懈奋斗的生动描绘。“一出乡关天地宽”充满深意，既是对苗家儿女开放进取精神的礼赞，也是对他们美好未来的期许：只有融入山外的大江大河，苗家的幸福道路才会越走越宽。

金龙寨[①]

绝壁森然挂劲松，
群峰剑指自从容。
龙潜峡底吞云雾，
苗寨歌来万壑从。

①金龙寨：湘西花垣县境内，整个苗寨坐落在海拔900多米的高山上、落差300多米的悬崖旁，与峡谷、飞瀑、森林、洞穴、云雾相伴，极为雄奇壮丽。

·品鉴· 这首七言绝句写金龙寨，诗人采用蒙太奇的手法，将“绝壁森然挂劲松”“群峰剑指自从容”“龙潜峡底吞云雾”几个画面拼接组合在一起，铺排出金龙寨所在地的山势之险峻，“苗寨歌来万壑从”一句的出现便水到渠成，前后巧妙照应。

结句不写人而人现，如陶渊明《桃花源记》中“土地平旷，屋舍俨然”之后的“阡陌交通，鸡犬相闻”，整个画面顿时鲜活起来，也越发凸显出金龙寨的雄奇。

齐心村

石头碉堡石头房，
古巷民淳古巷长。
倘若清廷怜百姓，
何来八月[①]占山王。

①八月即苗族首领吴八月，曾领兵占据齐心村以对抗清廷。

·品鉴· 这首七言绝句所写的齐心村，位于湖南湘西吉首，苗族首领吴八月曾领兵据此对抗清廷，苗民起义的烈焰前后燃烧了12年之久。诗作以这段历史为吟咏对象，借古喻今，希望牢记历史，把人民放在心中最高位置，因为“水能载舟，亦能覆舟”。

“石头碉堡石头房，古巷民淳古巷长”两句，诗人刻意使用叠字法，与杜牧的“烟笼寒水月笼沙”如出一辙。两个“石头”，两个“古巷”，将齐心村的悠长岁月描绘出来，极具历史厚重感；在对厚重史事的吟咏中，托出“前事不忘，后事之师”的重大主题。

仲春乡村纪事三首

一

平塘小雨水粼粼，稚子堤边垂钓纶。
浪打浮漂摇不定，惊呼鱼噬起竿频。

二

乡间紫陌绕遥岑，杏雨桃云漫称心。
总怪蜂来追客走，只因芳露湿衣襟。

三

农家迟日备耕忙，春色满园自涌芳。
犬吠鸟鸣鸡上树，坪前日晷映房长。

·品鉴· 这组小诗，用平白的语言，鲜活的村景，生趣盎然地呈现出仲春时节乡村一派欣欣向荣的春和景明景象，以及诗人对乡村振兴建设成就的由衷赞美。

怀着对大自然的赏爱之心，辛弃疾曾写下“一松一竹真朋友，山鸟山花好弟兄”的诗句。在《仲春乡村纪事》这组小诗里，读者可以读到类似辛弃疾的活泼诗心。

第一首诗，诗人把雨中垂钓的乡村儿童写得逼真传神、非常可爱，说明诗人童心未泯，非常向往农村自在闲适的生活，留恋其间的纯净。

第二首诗写农村百花盛开的场景和诗人如痴如醉的心情。通过“总怪蜂来追客走，只因芳露湿衣襟”这两句，仿佛嗅到氤氲在空气中的清雅花香，不禁让人联想到北宋时期“踏花归去马蹄香”的典故。

第三首诗，以“犬吠鸟鸣鸡上树”的热闹，反衬出“坪前日晷映房长”的静谧。全诗立意非常巧妙，虽未写人，但通过渲染农家小院的闹与静，折射出紧张备耕中的繁忙农事，回味隽永。

访黔剪影四首

山花

莽莽青山一径开，斜阳暮霭两徘徊。
春花欲恐天将暗，化作星云出岫来。

甲秀楼

飞檐碧瓦耸江流，贯古通今文脉悠。
不贬黔中为异客，阳明未必誉神州。

过息烽集中营

魔窟森森今尚在，英雄一去不曾回。
无边春色迷人眼，应是丹心化露裁。

湄潭龙凤村做客

四面青山满坝花，粉墙黛瓦映塘斜。

风随绿浪归林壑，客逐茶香入店家。

·品鉴· 这组七绝，记录诗人访问贵州沿途所见所闻。既有对自然美景的描摹，又有对历史文化的叹咏，还有对今天发展变化的艳羡。四首小诗，四个场景，时空交错，以“剪影”二字统摄一题，给人以“读诗如读史”的文化体认感。

《山花》是诗人初进贵州时写下的，饱含“一切景语皆情语”的喜悦。其中的最精妙之处就是最后两句，诗人用拟人的方法，将盛开在青山之间的鲜艳春花赋予人的灵性，化成漫天星云，点亮整个暮空，照亮诗人前行的路，也点亮了整个诗篇。其实，诗人是在用“山花”这个艺术意象，表达自己的喜悦心境和贵州人民的淳朴善良、热情好客，构思之精妙，令人叫绝。

甲秀楼位于贵阳市城南的南明河上，以河中一块巨石为基而建，始建于明朝。诗人用“贯古通今文脉悠”一句，巧妙地联结起五百多年前王阳明被贬贵州龙场，有了历史上著名的“龙场悟道”，首次提出知行合一说，开启了声势浩大的阳明心学潮流。王阳明被贬，无疑是人生的一次重大挫折，却由此成就了博大精深的阳明心学。诗人在告诉人们，但凡成大才者，都如凤凰涅槃，经历种种劫难后浴火重生。

被称为“人间地狱”的息烽集中营位于息烽县城南6公里，是抗日战争时期国民党军统设立的监狱中规模最大、等级最高的一所秘密监狱，很多革命者在这里被长期监禁，或被残酷杀害。诗中的“无边春色迷人眼，应是丹心化露裁”有双关之意，既指自然界的春天来了，也是告慰先烈，他们为之奋斗一生的革命理想实现了，中国早已走出苦难，“换了人间”；同时也是缅怀、感恩先烈为了今天的中国所作出的巨大牺牲。

《湄潭龙凤村做客》充满黔北乡居气息，自然和谐、色彩明快是其最大的特点：青翠的群山绵延开去，鲜艳的花朵满地盛开，一幢幢粉墙黛瓦的小楼，伫立在青山绿水间；一阵风吹过，茶园里林海翻腾绿浪，沁人心脾的馥郁茶香，引得远方的客人寻香而来。龙凤村是湄潭县新农村建设的一张名片，“茶”是该村的优势产业。这首诗展示了贵州乡村振兴所取得的成就。

城步南山牧场即景

草色天光一鉴开，
层峦叠翠共徘徊。
风从绿浪天边去，
云载牛羊岭上来。

·品鉴· 全诗洋溢着诗人在高山牧场极目远眺时迸发的豪情，在“草色天光一鉴开”的高远中，有着“云载牛羊岭上来”的喜悦，视野开阔，想象雄奇，却又与当下之景完美融合，充分表现出诗人豁达广阔的胸怀。城步南山牧场位于湖南省邵阳市城步苗族自治县，平均海拔1760米，像一块碧绿的翡翠，镶嵌在湘桂边陲的崇山峻岭之上。

麓山秋雨

麓山新雨后，暑气黯然收。
云破星湖出，夜临灯海流。
感时蛙鼓尽，恨别鸟鸣幽。
登顶知秋意，风凉起客愁。

·品鉴· 这首五言律诗情景相生、思与境谐，写一场秋雨后，诗人登上岳麓山的所见所闻所想。前两联与后两联似相互矛盾，但又浑然一体，前两联对后面的心境反向衬托。

“一层秋雨一层凉”，雨后的麓山凉风起、暑气收，诗人登顶后，仰面可见云中星湖，俯视可观山下灯海，景色极为壮美。“感时蛙鼓尽，恨别鸟鸣幽”，可诗人的心境并未因暑气散去和美丽夜景开朗起来，倒是心生许多悲凉。尾联揭示出悲凉的缘由，是因为“知秋意”，“起客愁”。诗人对季节变化非常敏感，由自然界的秋联想到人生的秋，由人生的秋又感慨人生之短暂匆忙。“人生天地间，忽如远行客”，诗人的客愁不知能引发多少人的共鸣。

天池

沧桑承露鼎，地火涌山巅。
煮沸洪荒气，滋生永世泉。
三江清澈水，万户米粮川。
避拜藏形影，登临已悟禅。

·品鉴· 天池是一座休眠火山，火山口积水成湖，像一块瑰丽的碧玉，镶嵌在雄伟的长白山群峰之中，为松花、图们、鸭绿三江的发源地，源源不断地滋养着山下大地。此诗就用雄阔的语句，再现了天池的神秘和恩泽。

首联和颔联，跨越时空，描述了天池的前世今生：千万年前本为炎浪煎天的火山，在千万年之后，变成了泽被后世的生命之源。这种奇幻的转换，极写沧海桑田之变，给读者带来一种沧桑厚重的时空感。颈联礼赞天池，并开启尾联。这座世界上最深的高山湖泊，海拔2000多米，隐匿在群山之中，诗人怀着朝拜之心前来登临，在惊艳于天池之传奇的同时，对生命也有了更多的感悟，“登临已悟禅”。

冬日喜晴

新阳冬雨后，喜鹊闹枝头。
雾散晴川远，枝疏剪影柔。
窗台幡彩舞，坪地媪翁悠。
且就温馨处，白驹任去留。

·品鉴·　前三联写景，诗人用细腻的笔触，写出了南方冬雨初晴之后的种种温馨美好，皆是寻常之景，但经过诗心剪裁，一切都显得那么和谐静美、养眼暖心、充满诗意。尾联顺势而为，直抒胸臆。“且就温馨处，白驹任去留”，看似慵懒的行为，却大幅提振全诗的境界。“白驹”典出《庄子·知北游》：“人生天地之间，若白驹之过隙，忽然而已。”本感慨人生之短暂，这里反其意而用之，言珍惜眼下之福，颇具禅悟之后的洒脱。

过武陵源大溪峪

鸡鸣林壑远，雾逸日时迁。
水漾山随动，花开蝶伴眠。
鸭蜷禾垄里，猴戏树丫颠。
果熟无人采，孤翁犁坳边。

·品鉴·　这首五言律诗，并用一系列山中意象，写出了武陵源大溪峪的原生态山水野趣，表明了诗人崇尚自然、不事雕饰的审美情趣和价值追求。

诗人写鸡鸣雾逸、水漾山动、花开蝶眠、鸭蜷猴戏、熟果挂枝、孤翁犁田，全是白描手法，极富画面感，呈现出一幅本真自然的山水图景，皆在突出武陵源大溪峪的世外之趣、隔世之感。诗人如此下笔，意图何在？虽无一字说破，但读者能自然悟出，是这首诗的成功之处。

武陵春早

武陵穿紫河即景

悠悠菱紫水，缓缓荻芦风。
画舫犁波翠，芙蓉映日红。
柳垂人影外，鸳戏草丛中。
睹景情思邈，刘郎[①]似与同。

①刘郎：指刘禹锡。

·品鉴·　穿紫河是流经湖南常德城内的一条河流，昔日是一条臭水沟，现在通过整治已成为一条风景观光带。常德古称武陵，唐时刘禹锡曾被贬谪到此，留下了“白马湖平秋日光，紫菱如锦彩鸾翔”等吟诵美景、关注民生的诗篇。

如今的穿紫河，旧貌新颜，但盛况更胜从前，“画舫犁波翠，芙蓉映日红”“柳垂人影外，鸳戏草丛中”，已是真正之桃花源。诗人游览穿紫河时，思接千载，似与古人同行，刘郎看到当下盛景会作何感想？以古衬今，寓意深远。

喜雪

夜来天欲雪，窃盼寝无眠。
帘动生寒意，窗斜舞妙仙。
更深清籁响，枝重玉龙[①]悬。
晓看回来处，梨花落满川。

---

①玉龙，代指雪花。唐朝吕岩《剑画此诗于襄阳雪中》：“岘山一夜玉龙寒，凤林千树梨花老。襄阳城里没人知，襄阳城外江山好。”

·品鉴· 这首五言律诗含蓄隽永，把“喜雪”之情表现得淋漓尽致。前三联未直接描写下雪场面，但通过诗人的视觉、听觉、触觉和想象，把雪舞之曼妙和雪势之浩大细腻展现。“帘动生寒”“窗斜妙仙”“清籁响”“玉龙悬”，说明诗人整夜心思都在等待、体悟雪的到来，盼雪喜雪的童心不说自现。尾联直抒胸臆，经过一夜等待，诗人一大清早就迫不及待出门看雪，大地银装素裹，千树万树梨花满川，喜雪之情顿至高潮。

十月北京宽沟神仙会

碧海悬天上，云霓洒路边。
湖平沉影静，山瘦乱红燃。
鸟语丹青里，人来画卷前。
秋风堪圣手，鬼斧美幽燕。

·品鉴· 律诗仅需中间两联对仗，但这首写北京宽沟奇丽秋色的五言律诗，联联对仗，且毫无生硬拼凑之嫌，充分展示了诗人在格律诗方面的造诣。

“湖平沉影静，山瘦乱红燃”是诗作的妙句，“平、静、瘦、燃”四字极为传神，特别是“山瘦乱红燃”，把原本静态的山林秋景，写得动感十足，令人拍案叫好。“秋风堪圣手”一句，从唐时贺知章“不知细叶谁裁出，二月春风似剪刀”化用而来，把秋风赞美成丹青圣手，想象比喻新奇，充分彰显自然的力量和美丽，也一改古人吟咏“秋风”总是萧瑟冷落的窠臼。

惜 雪

采露生云境，纯情不畏寒。
初来原玉洁，稍过已污残。
落寞归尘土，沧桑远旧观。
熙熙玩雪者，可否少蹂躏？

·品鉴· 这是一首蕴含劝谕之意的咏物诗。

白雪本高洁，“采露生云境，纯情不畏寒”，应该“质本洁来还洁去”，奈何“稍过已污残”“落寞归尘土”，最终如落梅一般，“零落成泥碾作尘”。尾联“熙熙玩雪者，可否少蹂躏”两句，对应“惜雪”诗题，劝谕世人珍惜如白雪般的高洁品质。

冬暮车行武陵山中

西风枯木劲，
落日鸟巢孤。
山瘦任遥眼，
天凉月伴途。

·品鉴· 这首五绝，表现的是一种雄阔、冷峻的审美意蕴。“西风枯木”“落日孤巢”，写的是诗人车行武陵山中的所见，传导的是一幅缩万里于咫尺之间、予咫尺以万里之势的深山高秋图画。“山瘦任遥眼，天凉月伴途”，写的是诗人对深山高秋的独特体认，体现的是一种不畏寒冷孤寂、自强不息的精神境界。

春 夜

晚来蛙更吵，
辗转无眠恼。
谁遣牖边风，
残红吹落早。

·品鉴· 这首五绝最大的特点是俗雅糅杂，生动写出了诗人的一个无眠春夜，表达了诗人的伤春惜时之情。

“晚来蛙更吵，辗转无眠恼”，这两句非常直白，可谓极俗；“谁遣牖边风，残红吹落早”，包含多重典故，可谓极雅。“牖”在《说文解字》里被注解为“在墙曰牖，在屋曰窗”，上古的“窗”专指开在屋顶上的天窗，而“牖”是开在墙壁上的窗，即今日所说的窗户。诗人为何而恼？看似是由于蛙噪，实则因为伤春。“残红”二字，隐含着李商隐“相见时难别亦难，东风无力百花残”的感伤。落花满地，春将过去，诗人为此伤感难眠，整首诗的韵致，与唐代金昌绪的“打起黄莺儿，莫教枝上啼。啼时惊妾梦，不得到辽西”异曲同工。

夜月

犬吠尘嚣远，
灯清山色微。
未曾邀月饮，
步步紧相依。

·品鉴· 这首五绝用浅白的语言、浪漫的想象，呈现了一幅幽远宁静的山居图。

“犬吠尘嚣远”，诗人起笔便以动写静，有南北朝诗人王籍“蝉噪林逾静，鸟鸣山更幽”的意境。“未曾邀月饮”一句，将月亮拟人化，并化用李白的“举杯邀明月，对影成三人”，又反其意而用之；“步步紧相依”，月亮走，我也走，既是对天真童年的写实，又有无垠的想象空间：皎洁的月亮，一直是高洁的象征，人与月紧紧相依，便是对高洁品格的持守和追随。

崀山夜话四首

一

奇峰兀自立，皓月一旁悬。
亘古相依望，却无牵手缘。

二

月在溪上淌，虫潜树下鸣。
清风吹面垢，百媚眼前生。

三

桃李归尘土，橙花接续开。
岂悲春不驻，美景去还来。

四

月迷山色清，水阔星云净。
梦幻岘庄稀[①]，风和蛙鼓劲。

①岘庄，为晚清名臣刘坤一的字。刘坤一，湖南新宁人，故居在崀山脚下。这里借指刘坤一的故里。

·品鉴· 崀山位于湖南省邵阳市新宁县，相传当年舜帝南巡路过新宁，见这方山水美丽，便脱口而出："山之良者，崀山，崀山。"因此，舜帝就造了这个"崀"字，即良山为崀。《崀山夜话》组诗便是描述这方山水的美丽夜景，诗人与大自然的对话以及诗人的人生态度。

第一首诗想象奇特，描写奇峰与皓月千年守望却从未牵手之憾，给读者带来某种开示：凡事不必苛求十全十美，美好的事物总有缺憾。

第二首诗写人和自然融为一体后的心灵感受。"清风吹面垢，百媚眼前生"，美好的大自然能让人去掉心灵的杂质，让世界变得更加美好。

第三首诗是对季节变化的叹咏。桃李谢过，橙花登场，这是季节的变化。"岂悲春不驻，美景去还来"，充满哲思，只要心存美好，什么季节都是美好的。

第四首诗写水月星云、村原山色、风和蛙鼓，用月光下的迷幻之境，表现诗人的沉醉心情。诗人月夜来到崀山脚下，看到了很多，想到了很多，"清""净""稀""劲"，都是此行的心理暗示，从而为组诗完美结局。

初冬过武陵源

车过武陵源，如穿画廊间。
云蒸馒头岭，雾浮山笋盘。
傲世立绝壁，玉洁飞瀑寒。
阴晴转林壑，绿暗红欲燃。
水落白石走，木凋苍山闲。
路边猴戏树，村口鹅蜷田。
暂停幽谷里，慕名访神仙。

·品鉴· 曾经有人如此感叹武陵源的美景：“不来武陵源，枉为世上人。”作者饱含激赏之情，用这首五言古风描绘了初冬时节武陵源的美丽景色，读后令人心驰神往。

“车过武陵源，如穿画廊间”，一个“过”字、一个“穿”字，犹如动感十足的电影画面，把读者带入武陵源的初冬美景中：这里有着鲜明的喀斯特地貌特征，有的山势像馒头，有的山势像竹笋，崇山峻岭间，“云蒸雾浮”“飞瀑溅玉”；这里有着斑斓的色彩，茫茫林海中，明暗相间、绿红交错，潺潺溪水旁，白石晶莹、青山静闲；这里有着各种可爱的动物，偶尔有顽猴蹿上树梢；有呆鹅蜷身在田里，懒洋洋地晒着太阳……景色如此美好，在那一霎，诗人肯定有着“山里面有没有住着神仙”的恍惚，于是，他把车停了下来，信步山水间，尽情享受静美时刻，任诗情翻飞。

元宵浏阳河漫步

漫步长河畔，灯月隐江津。
江心一轮月，两岸万家灯。
船过灯月碎，人来灯月迎。
曲陌东风软，烟堤爽气清。
暗香生寒露，梅影出枯林。
牵枝问杨柳，是否已知春？

·品鉴· 这首五言古诗写元宵节之景，进而推出盼春、颂春之意。

在诗的前六句，“灯”“月”这两个意象被反复叠加，从高远的视角，营造出灯月相映、万家灯火的元宵节盛景；后六句，诗人把视野转向眼前的近景，弯弯曲曲的小路、薄雾笼罩的河堤、寒气逼人的更露、凋尽绿叶的树林，可毕竟春天的脚步已慢慢近了，这里更有和煦的东风、盈袖的暗香、含苞的嫩芽。“牵枝问杨柳，是否已知春？”这一句极具画面感，把诗人盼春之切写得稚态可掬。

夜宿安化农家

独居山坳里，枝摇疑叩门。
徐行花溪畔，影伴成两人。
天朦云浮月，野黑林隐灯。
虫唧夜尤静，香幽风更清。
恐凉且长啸，扑翅鸟惊魂。
忽闻犬吠远，尚知在红尘。

·品鉴· 这首五言古诗用细腻的笔触，再现了湖南安化农家夜晚的静谧祥和，也展示了诗人“偷得浮生半日闲”的心境。

“天朦云浮月，野黑林隐灯”这两句，与杜甫的“野径云俱黑，江船火独明”有着异曲同工之妙，都是以一处微弱的光亮，来反衬夜晚的广漠昏暗。在这周遭的昏暗中，虫唧、鸟飞等细微的响动都能打破夜的静谧，山里的幽静与闲适可想而知，其意境与王维的“月出惊山鸟，时鸣春涧中”同出一辙，把山村夜晚的静寂美好描写得淋漓尽致。“忽闻犬吠远”，所有的寂静被打破，诗人神游云外的思绪被拉了回来，“尚知在红尘”。整首诗富有生机而不枯寂，以静显动，以动衬静，再造了一个世外桃源，表现了诗人对当代新农村的由衷赞美和对田园生活的无比憧憬。

过湖南林业种苗中心

绿繁迷幽谷，独享虫鸟喧。
池镜映山色，林岚接水天。
斑雀喜人至，沿途蹦跳欢。
杜英飘黄蕊，石径铺彩绵。
清风牵衣角，荷韵洗尘颜。
林密集云雾，晴雨转头间。
欣然承天露，流连不思还。

·品鉴· 这首五言乐府诗，承继了汉魏两晋南北朝时代五言乐府的传统，句式灵活自由，语言自然流畅，通俗易懂，朗朗上口，诗境空灵高远，是一首上乘的山水诗。诗人通过各种唯美的意象，用极强的画面感，铺排出位于幽谷之中的湖南省林业种苗中心的静谧清新、空山绝尘。句末的“流连不思还”，直点诗题，诗人沉醉在唯美山水里，久久不舍归去，画中景、画外情，尽在其中。

藏道难二首

其一

一日连冬夏，冰火两重天。朝发山麓阳光灿，午至峰顶飞雪寒。雹石砸面风割耳，霹雳撼山云堵塞。破雾碎雪下山去，又见蓝天碧如海。朵朵白云凝不动，群群牛羊逐草闲。莫道阴晴冷暖变幻无常定，等闲识得便常欢。尘世从来无坦途，精彩总在涉险间。藏道难，砺志坚！

其二

碧空低垂无纤尘，太阳直射少蔽荫。前山怪石走群兽，后岭积雪生寒云。草木已随巅峰尽，飞鸟惧高早绝行。心虚方知高可敬，气短常恨梦难圆。藏道难！藏道难！多艰险，人何惮？英雄甘洒满腔血，化作天路凌霄汉。

·品鉴· 此组诗为歌行体。明代徐师曾在《诗体明辨》中说：“放情长言，杂而无方者曰歌；步骤驰骋，疏而不滞者曰行；兼之者曰歌行。”

组诗其一，诗人以浪漫主义的手法，艺术地再现了藏道的崎岖险峻和气象万千，“一日连冬夏”，一忽儿阳光灿烂，一忽儿黑云压顶、雷霆万钧、冰雹飞寒，仿佛世界末日。“精彩总在涉险间。藏道难，砺志坚！”深刻诠释了无限风光在险峰。

组诗其二，写藏道的生存环境极端恶劣。积雪寒云、山高缺氧、草木稀少、鸟兽无踪，登藏道而心虚气短，“化作天路凌霄汉”是对西藏建设者的热情礼赞！

全诗笔意纵横、豪放洒脱、感情强烈，其慷慨激昂之气，直追李白的《蜀道难》，同时也填补了诗词宝库中歌咏“藏道难”的空白，可谓开先河之作。

清平乐·走村

林深天小，鹅步坡边草。斗水顽童齐叫好，急煞塘边翁媪。

野荷红遍村东，山橘点点灯笼。稚犬怯追来客，吠声窜出蒿蓬。

·品鉴· 这首小词仿辛弃疾的《清平乐·村居》而成，极具生活气息，非常传神，淋漓尽致地表达了词人对乡村生活的热爱。

“林深天小”，极精切；“鹅步坡边”，极雍容；“顽童”“斗水”，极活泼；“翁媪”“急煞”，极生动；“野荷”“山橘”，极亮丽；“稚犬怯追”，极传神。本词之妙，在刻画景象人物，皆能得其天机神趣。万物皆得其性，适时而动、应时而长，此正清平世界之根本，也恰应词调《清平乐》之意。

第三辑

登临满目尽缠绵

谒柳子庙二首

一

愚溪[1]远上石街斜，荔子碑[2]前草木花。
迁客幸存山水趣[3]，潇湘始得美名夸[4]。
常怜苛政民尤苦[5]，独钓寒江品自嘉[6]。
莫叹忠君情未了，文章千古放光华。

二

秋风夕照古街长，柳庙愚溪香绕梁。
一意革新成罪首[7]，十年冤懑弃蛮荒[8]。
虽无圣主知梁栋，幸有黔愚助翰章。
登殿如闻司马教，气氲天地满潇湘。

---

①愚溪即永州冉溪，因柳宗元谪居永州，撰《愚溪对》等，改名“愚溪”。

②荔子碑指柳侯祠内石碑，碑文摘自韩愈《柳州罗池庙碑》，因有“荔子丹兮蕉黄”而被称为“荔子碑”。

③柳宗元贬谪湖南，撰写大量山水游记，一洗湖南蛮荒之地的印象，让潇湘美景名动天下。

④南宋陆游慕名入湘，面对潇湘胜景，夸赞“挥毫当得江山助，不到潇湘岂有诗”。

⑤柳宗元在永州写下《捕蛇者说》，直斥当时统治者“苛政猛于虎”。

⑥柳宗元在永州写下《江雪》，表达自己不随俗流的道德操守。

⑦公元805年，柳宗元因参与“永贞革新”，失败后获罪。

⑧“永贞革新”失败后，柳宗元被贬为官职低微的永州司马，时间长达10年之久。

·品鉴· 第一首，赞颂柳宗元的才高、品嘉、政善，一改凭吊柳子的传统伤谪情调，高度肯定柳宗元贬谪永州时，他的山水游记使潇湘美景声名远播，以及他通过古文运动、锦绣文章，成就“文者以明道”的千古美名。得失总是相辅相成，“当上帝关了这扇门，一定会为你打开另一扇门”，挫折成就柳宗元千古文名的历史现实，对今人也不无启发。

第二首，感慨柳宗元因参与“永贞革新”，失败后被贬为永州司马10年的遭遇。尾联“登殿如闻司马教，气氲天地满潇湘”回应诗题，以亲临庙殿如闻教诲之语，柳子浩然之气正氤氲在潇湘、天地之间，凸显诗人对柳宗元的崇敬与赞颂。

雾都吟

平地惊雷起渝州，一时霸气黯然收。
唱红影帝成凶首，打恶枭雄变罪囚。
莫道妇人生祸水，只缘利欲起阴谋。
忠诚守矩阳光道，永葆初心远祸忧。

·品鉴· 这首七言律诗，以当年重庆发生的系列贪腐案件为讽刺、评论对象，有着强烈的现实警示意义。“忠诚守矩阳光道，永葆初心远祸忧”一句，字字千钧，振聋发聩。

永州吟二首

一

永州自古竞风流，山水钟灵史脉悠。
舜帝择归陵庙祭[①]，元公立道月岩修[②]。
浯溪石刻[③]名天下，江永女书[④]铸春秋。
不贬潇湘赊景色，河东[⑤]岂有美文留。

二

一湖碧水漾城中，日隐波光辉映红。
渺渺渔帆漂远黛，悠悠裙袖舞清风。
三溪[⑥]汛到潮江阔，四面云来商贾隆。
帝子[⑦]有知惊巨变，九嶷[⑧]遥看尽葱茏。

①相传舜帝南巡，并归葬于九嶷山麓，其祭祀陵庙始建于唐代开元年间。
②周敦颐为宋明理学鼻祖，年少时筑室于故里湖南永州道县月岩，潜心习

学悟道。

③浯溪石刻，位于湖南永州祁阳县城，始于中唐元结任道州刺史期间，此后历代共有250多名文人学士到此游览，题诗作赋，铭刻石上，成为国内最大露天碑林。

④女书独一无二，流传于湖南江永上江圩一带。

⑤柳宗元，河东（现山西运城永济一带）人，世称柳河东、河东先生，他在谪居湖南永州时，写下《永州八记》等美文。

⑥三溪指湖南永州的濂溪、浯溪、愚溪，这里泛指永州全境。

⑦帝子指舜帝二妃，即娥皇、女英，舜出巡，死于苍梧，二妃赶至湘江，泪尽而亡。

⑧九嶷山又名苍梧山，位于湖南永州宁远县境内，舜帝南巡驾崩之地。

·品鉴· 因为深厚的文化底蕴，湖南永州一直被誉为“一本书”。这两首诗各有侧重，一述历史，一写现实。

第一首诗由“史脉悠”三字统领全篇，将传说与史实悉数道来，人杰地灵，列举精当，呼应了首句所言“永州自古竞风流”。尾联对永州整个人文自然由衷赞美，既是写史，更是抒情，为全诗完美落幕。

第二首诗描绘永州新貌。前两联写永州城市山水之美，百姓生活之悠闲自在。颈联写永州改革开放发展之盛，到处春潮涌动，四面商贾云集，“汛到”“云来”，比喻贴切。尾联化用毛主席诗词“神女应无恙，当惊世界殊”而来，拓开境界，寓意深远，赞美永州变化，“言有尽而意无穷”。

丙申生辰登麓山

白驹又送生辰至，薄暮寻踪云麓巅。
风卷流霞来眼底，雾笼灯火洒江边。
枫林依旧陪忠骨，世事图新老少年。
回首来程衡岳小，人知天命自成仙。

·品鉴· 这首七言律诗，写诗人于生辰之日重登岳麓山时的所见所感。

全诗颇具章法、流转自如。首联交代时间地点行止，“寻踪”含义深远，是全诗的由头。颔联写景既开阔又凄迷，连用“卷、来、笼、洒”几个动词，静谧之中可见盛世繁华，又似听到诗人人生如梦的浩叹。颈联起兴沉郁顿挫，“枫林依旧陪忠骨”是怀旧，“世事图新老少年”是感叹青春易逝。尾联回应首联，进一步深化生辰诗题。“小”字用得新奇脱俗，虽化用杜甫“一览众山小”诗句而来，但含义似乎更加内敛深沉，有人生的通透、名利的淡泊、过往的自省。

步月偶拾

事繁终日少余闲，夜色阑珊人未眠。
花木牵衣沾玉露，虫蛙唱晚醉心弦。
和风满面除尘垢，畅想无疆越沼渊。
朗月缘何常伴我？清辉总是照途前。

·品鉴· 这首七言律诗立意高远，诗绪细密，虽曰“步月偶拾”，实乃人生阅历长期积淀之沉思，充满了积极乐观的精神力量。

在“事繁终日少余闲”的忙碌中，诗人也有“夜色阑珊人未眠”的偷闲。在阑珊的夜色中，他享受着一个人散步的美好，“花木牵衣沾玉露，虫蛙唱晚醉心弦”。在美好的大自然中，诗人浮想联翩，甚至还激发出富有哲理的人生思考：“朗月缘何常伴我？清辉总是照途前。”心襟之豁达，令人击节称赞，也给人以启迪。

咏桃花

岂惧寒流妒意浓，如期赴约小园逢。
丛林漠漠迟无色，独木夭夭早有容。
愿洒芳华酬绿叶，任翻红雨却残冬。
谁言薄命多妖冶，唤醒东风一万重。

·品鉴· 以桃花来取喻美丽的女子，最早见于《诗经·国风·周南》里的《桃夭》，“桃之夭夭，灼灼其华”，用简单质朴的语言，“开千古词赋咏美人之祖”。但是，随着时间流转，在中国传统文化中，形成了“桃花=红颜薄命”的文学意象标识，桃花易凋、红颜易老，是许多与桃花有关诗歌的主题，叹红颜薄命成为文人笔下的伤逝情绪。可这首《咏桃花》并不人云亦云，一反“红颜薄命”之说，赋予了桃花全新的艺术生命，“任翻红雨却残冬”“唤醒东风一万重”，桃花凌寒盛开报春来的高尚品格跃然而出，气象大开，给热爱生活的人以莫大的激励和鼓舞。

奉题赋菊

五色清姿傲冷霜，龙须梗骨几多狂。
情迷陶令东篱下，意纵黄王京兆央。
义士相投生虎胆，文人互赏著华章。
风流千古已吟尽，唯就月光与尔觞。

·品鉴· 在中国诗歌史上，“菊”这个意象，被诗人反复吟诵过。

首联“五色清姿傲冷霜，龙须梗骨几多狂”，精准地描摹出菊花凌寒傲霜的风骨。在东晋陶渊明的笔下，菊花是“采菊东篱下，悠然见南山”的高洁、孤傲；在唐朝黄巢的笔下，菊花是“冲天香阵透长安，满城尽带黄金甲”的激越、豪情……千百年以来，菊花被附丽上孤标傲世、宏伟抱负等种种复杂的丰富内涵：墨客看到的是归隐，英雄看到的是铁血，如毛泽东的“战地黄花分外香”。尾联对菊花的赞美之情油然而生，“风流千古已吟尽，唯就月光与尔觞”，就着这无边月色，与菊花共饮，人菊融为一体，“此时无声胜有声”，个中意韵，令人咀嚼。

秋 思

秋阳无力满原清，霜打丛林现阵营。
黄叶低垂萧瑟下，青枝劲挺傲然生。
寒来始显根骨硬，危逼方知品节诚。
众绿繁荣迷望眼，铅华洗尽见真情。

·品鉴· “寒来始显根骨硬，危逼方知品节诚”是这首七言律诗的灵魂之句。

首联开门见山地点出“霜打丛林现阵营”，接着自然而然地写到黄叶低垂、青枝劲挺两种截然不同的景象，把面对秋寒时的两种阵营，一个萧瑟、一个傲然，生动形象地呈现出来，灵魂之句就这样顺势而出了。尾联一句富含哲思，诗人用直抒胸臆的语言，表达了自己对根骨、品节的追慕之情。

冬日遣怀

人生苦乐不由时，秋月春花万种思。
后主[1]伤怀空洒泪，谪仙[2]醉酒漫题诗。
从来郁闷钟清醒，总是欢娱傍傻痴。
岁末天寒何足惧，萧萧落叶报佳期。

---

①后主：指亡国之君南唐后主李煜。

②谪仙：指唐代大诗人李白。

·品鉴· 冬日天气阴郁，容易惹人伤怀。首联入题，表明自己的看法，喜怒哀乐与季节无关。颔联紧承首联而来，拿李后主和李白说事，面对着春花秋月，一个“空洒泪”，一个“漫题诗”，态度截然不同。颈联对颔联作进一步阐释，揭示出人生道理：一切喜怒哀乐皆取决于心态，越简单获得的快乐越多。尾联表明自己的态度，与英国诗人雪莱的诗句“冬天来了，春天还会远吗”神韵极其相似，都是在寒冷萧瑟中看到新生的希望。

这是首义理诗，说理透彻，又不失形象生动，体现作者的人生阅历和驾驭语言的功力。

高 考

高考硝烟业已残，几家愁苦几家欢。
位居金榜诚然喜，名落孙山聊自安。
砥砺人生时日远，峥嵘岁月路途宽。
可怜宁铂[①]当年事，一代神童下圣坛。

①出生于1965年的宁铂，13岁时进入中国科学技术大学1978级少年班，曾被誉为“第一神童”，2003年出家为僧。

·品鉴· 这首七律富含哲思，直面让“几家愁苦几家欢”的高考大战，劝诫考生及家长，不要把高考成败看得太重，因为人生的路绝不止于高考。

“位居金榜诚然喜，名落孙山聊自安”，颔联用辩证的思维，指出在高考中，无论是金榜题名还是名落孙山，都应等闲视之，因为漫漫人生路，只有继续砥砺前行，才会“峥嵘岁月路途宽”。诗人还借用宁铂当年事，进一步说明，一次高考成功并不完全决定人生成功，以鼓舞那些高考失败的学子和家长。

岳麓书院

赫曦台[1]下谒先贤，百代弦歌回耳边。
学达性天[2]承往圣，道南正脉[3]启华篇。
楚材[4]辈出济衰世，院训[5]彰昭励少年。
坛席[6]久虚呼俊彦，潇湘槐市[7]待薪传。

---

①宋乾道三年（公元1167年），著名理学家朱熹、张栻在岳麓书院举行“朱张会讲”，并观日于岳麓山顶，曾筑“赫曦台”，朱熹题额。明代王守仁（即阳明心学一代宗师王阳明）曾来岳麓书院讲学，有“振衣直上赫曦台”诗句。

②“学达性天”为岳麓书院讲堂大厅悬挂的一块鎏金木匾，由清朝康熙皇帝御赐，意在勉励张扬理学，加强自身修养。

③“道南正脉”为岳麓书院讲堂大厅悬挂的另一块鎏金木匾，由清朝乾隆皇帝御赐，是他对岳麓书院传播理学的最高评价，表明了岳麓书院在中国理学传播史上的地位。

④岳麓书院大门两旁悬挂有对联“惟楚有材，于斯为盛”，上联出自《左传·襄公二十六年》，下联出自《论语·泰伯》，道出了岳麓书院英才辈出的历史事实。从岳麓书院走出的贤达俊杰，近代就有魏源、曾国藩、左宗棠、胡林翼、曾国荃、刘坤一、郭嵩焘、唐才常、熊希龄、杨昌济、范源濂、程潜等人。

⑤岳麓书院的学规，最早源于朱熹的《书院教条》，到清代乾隆年间，

欧阳正焕任书院山长时，提出“整、齐、严、肃”四字并撰诗，刻在碑上嵌于书院讲堂右壁。岳麓书院学规为：时常省问父母；朔望恭谒圣贤；气习各矫偏处；举止整齐严肃；服食宜从俭素；外事毫不可干；行坐必依齿序；痛戒讦短毁长；损友必须拒绝；不可闲谈废时；日讲经书三起；日看纲目数页；通晓时务物理；参读古文诗赋；读书必须过笔；会课按刻早完；夜读仍戒晏起；疑误定要力争。

⑥岳麓书院二门门额正上方悬有“名山坛席”匾，集清代著名湘籍书法家何绍基字而成。两旁有对联“纳于大麓，藏之名山”，上联出自《尚书·舜典》，下联出自《史记·太史公自序》，意为岳麓书院被繁茂的林木所掩映，藏在地阔物博的岳麓山中。

⑦岳麓书院二门背面有“潇湘槐市”匾，即指岳麓书院是湖南文人、学者聚集的场所，引申为岳麓书院人才之盛，有如汉代长安太学槐市之盛。

·品鉴· 岳麓书院是中国历史上赫赫有名的四大书院之一，坐落于湖南长沙湘江西岸的岳麓山脚下，创立于北宋开宝九年（公元976年），历经千年而弦歌不绝、学脉延绵，有“千年学府”之誉。

这首七言律诗回顾了岳麓书院传承千年文脉、英才辈出的史实，尾联“坛席久虚呼俊彦，潇湘槐市待薪传”，则传达出诗人对岳麓书院薪火相传的期许，殷切之情尽在字里行间。

湖湘文化的正脉在岳麓书院。诗人写岳麓书院，实际上是在探究湖南近三百年何以对中国近现代历史进程产生巨大而深远影响的根源。诗不是史书，无法像历史书那样，对历史做冗长繁复的叙述，但从诗中所选取的“学达性天”“道南正脉”“楚材辈出”，以及“坛席久虚”“潇湘槐市”等几个典型场景，可以看出，诗人尝试以“诗化的凝练语言”“形象的历史意念”，为湖湘文化一脉相传、影响深远的特征注入新的解读维度，以唤起湖湘儿女的文化自觉与使命担当。

从这个意义上说，这是诗人“诗学即史学”主张的一次艺术而经典的诠释之作。

書院吹香於長沙
麓平寫

天心阁怀古

迢递高城阁欲飞，楚天寥廓麓山巍。
贾生不必悲鹏祸[①]，侫幸从来指鹿非[②]。
道貌文奎空受拜[③]，兴衰更替总相违。
一楼览尽千年事，喜看朱甍映翠微。

①贾谊被贬任长沙王太傅三年时，写下《鹏鸟赋》，赋前小序说明写作《鹏鸟赋》的缘由。据《史记・屈原贾生列传》和《汉书・贾谊传》所载，有一天有鹏鸟（俗称猫头鹰）飞到贾谊的屋子里，他认为猫头鹰是不祥之鸟，本来被贬就心情不好，又不适应长沙潮热的气候，觉得自己命不久矣，于是写下这篇《鹏鸟赋》以自遣。

②据《史记・秦始皇本纪》记载，赵高想要篡夺秦朝政权，恐众大臣不服，于是带来一只鹿献给秦二世，说是一匹马。秦二世当即指出赵高错把鹿说成了马。左右大臣有的沉默，有的迎合赵高说是马，有的说是鹿。赵高假借法律，中伤陷害那些说是鹿的人。从此，大臣们都畏惧赵高。

③清乾隆年间，城南书院迁址天心阁城墙下，天心阁成为与城南书院相对应的文化祭祀场所，供奉文昌帝君和奎星两尊神像，以保长沙文运昌盛，前来拜祭的人络绎不绝。

天心月圓滿
歲次己亥

·品鉴· 这首七言律诗，是一篇登高怀古之作，巧用典故来展现世事变迁。

天心阁位于湖南长沙城内地势最高的龙伏山巅，素有“潇湘古阁，秦汉名城”的美誉。首联极有气势，天心阁凌空欲飞，一览楚天麓山。颔联和颈联怀古，诗人劝解贾谊不必为见到鹏鸟而悲伤，因为在封建统治者当权的时代，从来都是指鹿为马、混淆是非，木秀于林，风必摧之，纵使供奉文昌帝君和奎星，以求护佑文人苍生又如何？还不是“空受拜”，愿望与事实相违背。尾联颂今。天心阁与时代紧密相连，经过一番兴衰更替后，压抑人才的旧时代已经一去不复返了，中华民族迎来了最好的时代，如今的天心阁人文荟萃，一个“喜”字，表达了诗人对新时代的礼赞。

访唐生智故居

经风沐雨百年楼，草木森森鸟自啾。
反蒋情仇从未了，弃城评说总难休。
担当国难披肝胆，矢志光明显智谋。
兴学树人存懿德，芦江[①]依旧淌风流。

①芦江：湘江支流，流经唐生智故居。

·品鉴· 这首七言律诗，融情、景、议于一炉，用短短56个字，将唐生智的多面人生展现在读者面前。全诗既有对历史的回顾，又有现实的寓托，笔力苍劲。

唐生智故居位于湖南省永州市东安县芦洪市镇赵家井村，又名树德山庄，为唐生智1927年所建，并在此兴办学校。1937年11月日军进攻南京时，唐生智主动请缨，出任首都卫戍司令长官，但在日军强大攻势下，又仓皇弃城，随即发生惨绝人寰的南京大屠杀。唐生智回到老家居住后，树德山庄成为民主革命联络地点，为参与组织、策划湖南和平解放做出了重大贡献。毁誉参半的唐生智，其是非功过，留待后人评说。

洪家关缅怀先烈

子弟相携出故关，功成难见几人还。
英名不朽留天地，浩气长存动宇寰。
元帅无由惭父老，男儿有志壮河山。
玉泉[1]桥上怀先烈，喜见乡亲尽笑颜。

---

①玉泉为贺龙故居前的一条小河。

·品鉴· 洪家关是湖南省桑植县的一个山村小镇，为贺龙元帅故里。“子弟相携出故关”，革命战争年代，洪家关的青壮年，无论男女，能扛枪打仗的，几乎全都参加了贺龙的队伍。但“功成难见几人还”，他们大都牺牲了，没有几人活着回来，仅贺门一家英烈就达89人，英雄们的浩然之气，长存在天地山河之间。新中国成立后，贺龙元帅即使回到湖南也不愿回家乡，他觉得那么多跟着他闹革命的子弟都牺牲了，他活着回来无颜见父老乡亲。所以诗人劝慰元帅，您不用惭愧，家乡子弟死得其所，他们用鲜血换来了今天的幸福生活。尾联“喜见乡亲尽笑颜”，便是当今幸福生活的写照，当下中国，已如英雄所愿。

颐和园

湖边漫步正花芳，曲径连廊柳逸扬。
万寿[①]巍峨檐溢彩，昆明[②]潋滟舫[③]飞黄。
春风日暖游人醉，故友茶绵琴韵长。
若晓御园尘世落，君王地府悔青肠。

---

①万寿：即万寿山，颐和园内景点。

②昆明：即昆明湖，位于颐和园内，面积约为颐和园总面积的四分之三。

③舫：即石舫，位于颐和园昆明湖西北部，取自河清海晏之意。

·品鉴·　这首七律用浓重的笔墨，写出了颐和园的春景之美、游人之乐。

最值得称道的是尾联，突兀而起，以戏谑口吻嘲笑封建君王，如果君王地下有知，知道苦心营造的皇家园林已为老百姓共享，可能要悔断肠子。主旨因此翻进一层，其中的今古对照，值得读者好好咀嚼。

楚汉群英谱八首

项 羽

力拔山兮又若何？途穷无计庇虞娥。
如能纳谏知良将，今世难闻垓下歌[①]。

范 增

满腹经天纬地才，惜投竖子反遭猜。
鸿门[②]若是依其计，楚汉相争或再来。

刘 邦

逐鹿群雄起贱微，大风[③]歌罢意相违。
功成不见良弓影，谁辨君臣是与非。

萧 何

如履薄冰事汉王，假欺百姓免遭殃。
心机最是难猜处，暗算淮阴[④]实可伤。

张 良

汉室筹谋第一功，笑傲江湖善始终。
修得全身黄老术，潮平潮落任由风。

韩 信

愁同易得欲同难，自古君臣少久欢。
倘若功成知进退，何来忌恨起灾端。

樊 哙

临危救主闯鸿门，逆耳忠言犯至尊。
乱世英雄无出处，从来草莽最铭恩。

漂 母

瓢饭无私馈饿人，民间自有感情真。
妪婆倘要图回报，未必能施潦倒身。

①《垓下歌》：是西楚霸王项羽败亡之前吟唱的一首诗："力拔山兮气盖世。时不利兮骓不逝。骓不逝夕可奈何！虞兮虞兮奈若何！" 虞，指虞姬，项羽的爱妃。

②鸿门：出自《史记·项羽本纪》，是项羽为刘邦在秦朝都城咸阳郊外的鸿门举行的一次宴会，史称鸿门宴。这个宴会充满杀机和权谋，项羽没有听范增之言，乘机杀掉刘邦，而是让刘邦侥幸逃脱。

③大风：指《大风歌》，是刘邦功成荣归故里创作的一首诗歌："大风起兮云飞扬。威加海内兮归故乡。安得猛士兮守四方！"

④淮阴：指淮阴侯韩信。

·品鉴· 《楚汉群英谱》，是诗人截取"楚汉相争"宏大历史背景下的八个历史人物为吟咏对象的一组咏史诗。楚汉之争是秦末农民战争推翻秦王朝之后，西楚霸王项羽、汉王刘邦两大集团为争夺封建统治权而历时长达四年的战争。在这场角逐中，项羽由于强烈的旧贵族意识，不善于用人，决策失误，优势逐渐丧失殆尽，最终以自刎乌江而谢幕；刘邦则知人善任，趋利避害，终于战胜了强大的项羽，建立了大汉王朝，以登上西汉皇帝宝座而结局。组诗所吟咏的八位历史人物，有七位是楚汉对垒的主要人物，还有一位是来自社会底层的平民。成败得失的深刻比较，帝王将相的明争暗斗，下层百姓的人性光辉，使这组七绝沉郁顿挫，思辨深邃。

《项羽》《范增》感叹西楚之败。

项羽、范增属于西楚阵营，一个是西楚霸王，一个是主要谋士。楚汉之争中，项羽由盛转衰，均属咎由自取。“如能纳谏知良将，今世难闻垓下歌”，既是对一代枭雄功败垂成的深深叹惋，又是对其悲剧命运的深刻揭示。写范增，更是爱怜交加，爱其才谋，怜其“明珠暗投”。刘邦在总结楚汉相争成败经验教训时就说：“项羽有一范增而不能用，此其所以为我擒也。”古云“良禽择木而栖，良臣择主而事”，一代谋士范增，跟定“竖子不足与谋”的项羽，当然只能抱憾终身了。

《刘邦》《萧何》《张良》《韩信》四首哀叹君臣之殇。

《刘邦》写君王之孤。前两句写刘邦的心情，雄豪自放之中却显忧虑和焦灼，“大风歌罢意相违”就是生动写照。后两句揭示刘邦矛盾心情的原因，“功成不见良弓影，谁辨君臣是与非”，诗人化用一代战神韩信临刑之前的浩叹而来，“飞鸟尽，良弓藏；狡兔死，走狗烹”，我们仿佛触摸到刘邦内心深处的孤独、无奈和感伤。

《萧何》《张良》《韩信》写功臣之悲。此三人同为“汉初三杰”，为开创汉室天下立下汗马功劳。萧何为了不使皇帝猜忌，明哲保身，只能靠假欺百姓、损毁自己“镇国家、抚百姓”的美誉，靠与吕后合谋杀害自己一手提携起来的韩信来获取皇帝的信任，所谓一代“贤相”，活得是多么憋屈和猥琐。张良则是另外一种悲哀。他深谙“鸟尽弓藏”的微妙，功成身退，专修黄老之术，表面活得逍遥自在，“潮平潮落任由风”，但其真实内心怎样，我们不得而知。以张良的雄才大略，他能甘心做江湖一介闲散之士？也许是迫于自保的苟且偷安，如果是这样，那他的内心一定是饱受煎熬。韩信是“三杰”中命运最为悲惨的。诗人写韩信，没有写他的骁勇善战，起笔就哀叹“愁同易得欲同难，自古君臣少久欢”。君臣之间共忧愁易、共享乐难，这是韩信“兔死狗烹”“鸟尽弓藏”命运的自然逻辑。当然如果韩信“功成知进退”，也许能免除惨遭暗害的结局。

《樊哙》《漂母》歌咏人性之光。

樊哙虽为开国功臣，但出身寒微，早年以屠狗为生。他为汉室天下立下了特殊功劳，不仅“临危救主闯鸿门”，更为难能可贵的是，当刘邦沉醉于温柔之乡不可自拔时，敢“逆耳诤言犯至尊”。在追随刘邦打天下的英雄好汉中，对主子的忠诚勇毅，也许只有出身低贱的樊哙来得最为直接猛烈，所以诗人得出结论“乱世英雄无出处，从来草莽最铭恩”。漂母，就是漂洗丝絮的妇人，这个行当非常辛苦，也赚不了几个钱，更是处于社会的最底层。她能在韩信饥饿交迫之时援手相助，是非常难能可贵的。“妪婆倘要图回报，未必能施潦倒身”，漂母自己生活十分艰难，她并不知道韩信日后会有大出息，如果她要图回报，绝不会去救济像韩信这样穷苦潦倒的人，所以，漂母的赠予是出自善良的天性，是无私的。《漂母》作为组诗的收篇，使下层百姓的真诚善良与帝王将相的薄情寡义形成鲜明对照。

这组咏史诗，诗人在选材布局、剪裁描摹、吟咏慨叹上，做足了功夫。刘邦与项羽，“汉初三杰”与范增，虽为成王败寇，但最后却都殊途同归，蕴含其中的深意，应该是借古人之成败得失以喻今人，以古史之清浊是非以为今鉴。诗人将帝王将相与漂母相提并论，反映出作者亲和的平民视角，人民创造历史的英雄史观。应该说在汗牛充栋的众多咏史诗中，这组诗不失为厚重之作。

咏物诗四首

雨 水

休眠万物盼天伦，细雨绵绵半未匀。
林下枯藤期露润，向阳花木已逢春。

红 枫

繁华时季不争容，三九风寒紫气冲。
燃尽残菁驱冻雪，身先众木战严冬。

银 杏

黄旌高举傲山巅，勇斗风寒共比肩。
片甲拚无何所惜，残留金色暖霜天。

迷鹅

天光如水淼无边，波漾湖心落日圆。
鹅立草滩张颈望，不知归路懒朝前。

·品鉴· 咏物诗是托物言志的诗歌，通过事物的咏叹体现人文思想。作者在描摹事物中寄托自己的感情，或流露人生态度，或寄寓美好愿望，或包含生活哲理，或表现生活情趣。自然界中的万物，大至山川河岳，小至花鸟虫鱼，都可以成为描摹歌咏的对象，这组咏物诗即是如此。

《雨水》隐含讽刺之意，“林下枯藤期露润，向阳花木已逢春”，林下枯藤还在苦苦地期盼着雨露滋润，可向阳花木已在雨水时节灿烂绽放，直言机会不均等给生命带来的不同境遇，引人深思。

《红枫》《银杏》两诗主旨相同，咏物之意，在于赞人的风骨：红枫傲然挺立，不与群芳争艳，“燃尽残菁驱冻雪”，宛如冬天里的一把火，“身先众木战严冬”，以驱除寒冷，这种敢为人先的品格令人动容；寒秋来临，银杏黄叶满树，如同旌旗“高举”，如此写来，不见半点悲秋之叹，亦无一丝衰朽之气，银杏也就成了“勇斗风寒”的英雄，“片甲拚无何所惜”，只为“残留金色暖霜天”，勇者形象、奉献精神令人感佩。

《迷鹅》则极具生活情趣，把一只迷路小鹅写得憨态可掬：“长天共秋水一色”，小鹅迷失在其中，站在草滩上四处张望，不知该游向何方，只好“懒朝前”，独自踟蹰在湖边，呆头鹅的呆萌形象令人莞尔。

白俄罗斯纪行四首

斯大林防线

十年筑得若金汤，无奈敌军铁甲狂。
多少生灵遭戮害，姑娘欲嫁苦无郎。

眼泪岛

孩儿远戍去无还，慈母断肠泪满川。
祈愿人间无战事，寰球月白共婵娟。

光荣丘

平川垒土祭英雄，永奠当年不世功。
浩气丹心昭日月，长铭国耻励昌隆。

胜利广场

地火喷燃热血冲，寒光利剑插苍穹。
强权寡助遭天谴，正义从来不落空。

·品鉴· 这四首诗相互呼应，构成作者对战争与和平、英雄与国家的深层思考，在强权霸凌行径仍然横行、战争阴云不散的当下，读后定会获得不少启迪。

《斯大林防线》控诉战争的惨烈。“斯大林防线”是苏联1928—1939年耗巨资修建的绵亘千里的防御工程体系，贯穿整个白俄罗斯西部，但仍未能抵挡住德国军队的进攻。1941年6月，斯大林防线被炮火摧毁，法西斯铁甲一马平川长驱直入。“二战”期间，白俄罗斯共死亡220多万人，人口长期为负增长，“多少生灵遭戮害，姑娘欲嫁苦无郎”。

《眼泪岛》“祈愿人间无战事”。“眼泪岛”位于白俄罗斯的斯维斯洛奇河上，是为纪念苏联入侵阿富汗战争中阵亡的数千名白俄罗斯官兵建造的，群雕是流下悲伤眼泪的母亲们。就在这组群雕前，诗人反对战争、呼唤和平，“祈愿人间无战事，寰球月白共婵娟”。

《光荣丘》旨在缅怀英雄。“光荣丘”俗称“会师纪念碑”，为纪念“二战”时抵抗德国法西斯侵略牺牲的英雄而修筑，矗立于离白俄罗斯明斯克国际机场21公里处的明斯克郊外，主题是要求后代铭记战争、秉承先辈的爱国主义精神。每个民族都有自己的英雄，他们“浩气丹心昭日月”，值得后人铭记、缅怀。

《胜利广场》对当今妄图称霸世界的强权提出警告。白俄罗斯胜利广场坐落于明斯克市中心，矗立着伟大卫国战争阵亡烈士纪念碑，犹如“寒光利剑插苍穹”，碑前是长明圣火，恰似“地火喷燃热血冲”，表现白俄罗斯军民英勇抗敌的战斗精神。“强权寡助遭天谴，正义从来不落空”，既是对过去德国法西斯侵略行径的谴责，更是对当今某些霸权国家的警告：正义不可战胜，永不缺席。

听竹

山中独步入空林，
风舞枝摇偶湿襟。
且劝塘蛙先闭嘴，
新篁拔节好听音。

·品鉴· 在中国文化传统中，“竹”有着虚心、气节等内涵，已成为中华民族品格、禀赋和精神的象征，和松、梅并称为“岁寒三友”，和梅、兰、菊并称为“四君子”，苏东坡也曾说“宁可食无肉，不可居无竹”。

诗人在《听竹》里，戏谑地规劝塘蛙不要再叫了，因为他要聆听新竹拔节的声音。“听”这个细节非常传神，体现了诗人对竹的痴迷和对“竹品格”的推崇。

春夜思

高楼久宅不知春，
走出围城天地新。
百卉争妍才咫尺，
赏花何羡远行人。

·品鉴· 这首七言绝句意境清新、富含哲理。

“百卉争妍才咫尺，赏花何羡远行人”是诗人“春夜思”的主旨，道出春色无须远寻，只要心中有赏爱之情，人间处处都有美好的春天，饱含苏轼“天涯何处无芳草”的旷达。

莫干山

竹海崇山隐剑池，
千年飞瀑寄哀思。
君王若肯怜能匠，
哪有雄雌自始离。

·品鉴· 莫干山位于浙江省湖州市德清县境内。传说春秋末年，受吴王阖闾派遣，干将和莫邪夫妻在此铸成举世无双的雌雄双剑。夫妻俩知吴王心狠手辣，如果把双剑全部献上去，两人的性命都将不保。于是，有孕在身的妻子莫邪留雄剑于山中，丈夫干将往献雌剑。果然，得剑之后的吴王为使天下无此第二剑，把干将杀掉了。十六年后，莫邪、干将之子莫干成人，持雄剑刺杀吴王。这首七绝就是以这段传说为吟咏对象，咏史感怀，讽刺专制统治者欺压百姓，给百姓带来深重的灾难，也给自己埋下折戟沉沙的祸根。

缅怀许光达[①]将军

大将百年后，英名与日新。
横戈凭虎胆，强甲显经纶。
赴死诚忠勇，让衔更圣人。
后来如我辈，仰止望松筠。

①许光达，中国无产阶级革命家、军事家，湖南省长沙县东乡萝卜冲人，1925年9月加入中国共产党，1926年春入黄埔军校第5期学习。在革命生涯中，戎马一生，屡建奇功。新中国成立后，出任首任装甲兵司令员，1955年被授予大将军衔。1969年6月3日逝世 ，终年61岁。

·品鉴· 这首五言律诗用语平实，犹如一部纪录片，真实再现了开国大将许光达将军光辉的一生。

戎马驰骋，文武兼备，不仅为中国人民的解放事业建立功勋，更为国防和军队现代化建设做出卓越贡献；几番让衔，更体现了无产阶级革命家的高风亮节。尾联用青松、翠竹等高洁的文学意象来譬喻许光达将军，还通过后辈对松筠的景仰，点题“缅怀”，告慰先辈。

自 况

耳顺[1]年次韵谷子《自题》兼和诸同窗

吾性本粗疏，常怀僻野庐。
青葱耽闹市，昏眊恨喧居。
欲植东篱菊，惭无隐士锄。
且攀孙子乐，捉手共翻书。

①耳顺：60岁的代称，出自孔子《论语·为政》："吾十有五而志于学，三十而立，四十而不惑，五十而知天命，六十而耳顺，七十而从心所欲。"

·品鉴· 这首诗充满人生感叹，同时又不失达观之气。

人到六十，回忆不可抑制，诗人深情怀念家乡原野上的老屋，那是他的精神原乡。青葱岁月，总是努力奋斗着，想逃离那方僻野，融入都市的繁华；可岁至暮秋，他又厌倦了这份喧闹，急切地想要回归到原乡的宁静，跟陶渊明一样，"采菊东篱下，悠然见南山"。这是很多人现实心态的写照。"惭无隐士锄"既是诗人的自谦，又隐约透出一份"回不去"的怅惘。尾联中的"攀"字用得极巧，诙谐中有着自嘲。

戊戌生辰咏秋

历尽荣华后，群芳任去留。
天高凭眼阔，气爽趁风遒。
岂叹韶时短，更欢金果稠。
叶零无赘附，共我壮年游。

·品鉴· 宋玉《九辩》开篇写道："悲哉，秋之为气也！萧瑟兮草木摇落而变衰。"自此以后，逢秋而悲多见于文人之作，悲秋似乎成了文人的专利。但这首五言律诗，生辰之日感怀咏秋，一扫悲情愁绪，显示出旷达胸襟与俊爽气度。

"天高凭眼阔，气爽趁风遒"，诗人用高远的眼界，看到了秋天的雄阔。"岂叹韶时短，更欢金果稠。叶零无赘附，共我壮年游"充溢着人生哲理：每个季节都有自己的美好，经历了春天繁华、夏天妖娆，现在迎来了秋天的通透圆熟，"叶零无赘附"，可以活出更加真实的自我。

咏蝉

耻做泥中物，趋炎欲驾空。
低飞攀大树，浅唱蹑高风。
饮露清名远，披绡宠态隆。
霜寒何太逼，遁影去匆匆。

·品鉴· 自从骆宾王写下《在狱咏蝉》后，蝉便被标以“清高自洁”的形象，但此诗一反千年来的咏蝉樊篱，借“蝉”之象，比世间相，其入木三分、辛辣嘲讽，独树一帜，别开中国传统咏蝉诗的境界。

耻居泥中、趋炎欲空、低飞攀高、浅唱蹑风，所披饮露之清名，亦不过是为了有一天能够“披绡邀宠”，直至霜寒相逼，遁影匆匆，活脱脱一副百日虫模样。如此短命风光，在当今世相中，你我并不少见。从诗人的独到视角，可以看出他的思想和阅历。

暮春书怀兼寄诸友人

花季任留去，心怡就是春。
寻芳何远足，赏景有毗邻。
开卷乾坤大，举杯意趣真。
荣枯轮替转，常乐即高人。

·品鉴· 暮春是一个容易让人伤感的季节，在中国诗歌史上，伤春之作层出不穷，最为著名的当数李煜的《相见欢》：“林花谢了春红，太匆匆。”但是这首五言律诗，反其道而行之，写暮春但不伤春，短短四十字，通晓凝练、字字珠玑、富含哲理、耐人寻味，诗人洒脱率真、简单快乐的情怀展露无遗。

诗歌，以其凝练的语言，独特的意象，充沛的情感，写人常见而不可描摹的景物，抒人常有而不可道的感情；所以动人心魄者，诗人的慧眼与敏悟，所以感染共鸣者，诗人的真情与坦荡。这首五律的魄力与成功之处，就在于此。

爱情岛

斑竹千寻泪，
潇湘万古流。
人间真爱在，
仙境白萍洲。

·品鉴· 位于湖南永州潇水与湘水汇合处的白萍洲，文蕴深厚，古往今来吟咏白萍洲的诗词可谓车载船装。传说娥皇、女英溯湘江而上寻找舜帝踪迹，到达永州境内，得知舜帝已驾崩的消息，悲痛欲绝，遗落泪巾而化作了白萍洲。洲上斑竹的痕迹，也是娥皇、女英二妃思念舜帝的眼泪抛洒而成。现在，诗人把白萍洲直呼为爱情岛，既抓住了白萍洲的文化特质，又更加凸显小岛的浪漫气息，给人冲击力。

唐代诗人崔颢《黄鹤楼》中的“晴川历历汉阳树，芳草萋萋鹦鹉洲”两句，便是那个原名“补课洲”改名为“鹦鹉洲”的渊源所在。所谓“地以名传，名以诗著”的佳话，或许会再次出现在诗人改“白萍洲”为“爱情岛”这一当代“传奇”之后。

立冬遣怀

月冷空犹阔，风清草渐黄。
丹青凝白露，天意著华章。
寒极知真伪，夜长惜昼阳。
叶零追梦去，木瘦为根藏。
且待迎春雪，围炉好尽觞。

·品鉴· 这首五言古风一反写立冬萧瑟的常用笔法，写出了对美好未来的期待，充满乐观的思辨色彩。

在晶莹剔透的诗人心里，色彩斑斓的立冬宛若丹青画手：“月冷空犹阔，风清草渐黄。丹青凝白露，天意著华章。”但诗人并不仅限于对景色的描摹，他从思想的维度，将整篇诗作进行了哲理性的升华。“叶零追梦去，木瘦为根藏”堪称金句，生命从大地中来，最终又回归大地，回归不是灭亡，而是又一轮新生。结句铺排出“飞雪迎春到”的磅礴景象，人们在飞雪中“围炉尽觞”，腾腾热气扑面而来，也让读者心头一热、精神大振：冬天到了，春天也就不远了。

白苹洲

潇湘汇合处，千古白苹洲。
钟灵湘桂气，烟波南北流。
古树蔽天日，曲径隐庭幽。
柳子客居意[①]，怀素狂草遒[②]。
书院秉薪火[③]，文脉起新俦。
登临继往圣，清雅已忘忧。

①柳宗元被贬谪湖南永州，并写下山水游记《永州八记》等美文。

②“狂草”名世的唐代书法家怀素，为湖南永州人，曾在此潜心苦练书法。

③指白苹洲岛上的萍洲书院，始建于清乾隆四年（公元1739年）。

·品鉴· 诗人对白苹洲情有独钟，本诗集收录的诗词中有数篇写白苹洲的。这首五言古风，对白苹洲进行了全景式的描写。前六句写白苹洲之“形”，后六句写白苹洲之“神”。诗人笔下的白苹洲，钟灵毓秀，风情万种，相信很多人读了这首诗，都会萌生登临的意愿。

鹊桥仙·萍洲

藤缠古木，鸳栖野草，双水合流轻缓。登临满目尽缠绵，品故迹、凭栏慨叹。

香销帝子[①]，恨传斑竹，千古情愁未远。潇湘北去洞庭波，却尽是、离人泪卷。

①帝子特指娥皇、女英，相传是尧的女儿，均嫁给舜为妻。

·品鉴· 作者多次写萍洲，并把萍洲定名为爱情岛。这首词就是吟咏舜帝与娥皇、女英千古不老的爱情。

上片以情写景，在词人眼里，岛上古木藤萝，鸳鸯野草，双水合流，一切似乎都在讲述着缠绵的爱情故事。下片颂扬二妃与舜帝的爱情神话，歇拍“潇湘北去洞庭波，却尽是、离人泪卷”，极度夸张，说明美好的爱情与青山同在、与碧水同流。写史从来都是为了照今，词人通过对古老美好爱情的称颂，期盼现实生活也同样有这样纯洁坚贞的爱情。

离亭燕·影珠山祭英烈

满目苍山红遍，茶冠雪花纷点。旧日烽烟今尚在，壮烈碑凌霄汉。浩气振中华，倭寇望风寒胆。

远处星城明艳，天际乱云飞卷。家国百年荣辱事，尽勒此山溪涧。紫菊悼英灵，何惧前途艰险。

·品鉴· 影珠山位于湖南省长沙县东北部，呈南北走向，山体庞大雄伟，分属长沙县和汨罗市。在1939—1942年的三次长沙会战中，这里发生大小激战几十次，尤以第三次长沙会战最为壮烈，影珠山军民同仇敌忾，英勇杀敌，一举全歼日寇山崎大队，400余名抗战将士英勇牺牲，长眠此山，书写了“倭寇未曾留片甲，英魂据此障长沙”的英雄篇章。此词便是祭奠发生在此的英雄壮举。

上片写历史烽烟，“苍山红遍”“茶冠雪花”“烽烟尚在”“碑凌霄汉”，把读者拉进了那段惊天地、泣鬼神的悲壮抗日历史，表达了对英雄的无比崇敬。下片写盛世忧思，过拍“远处星城明艳，天际乱云飞卷”，以景寓理，告诫今人不能陶醉于盛世繁华，须居安思危、勿忘国耻、奋发有为。结句“何惧前途艰险”，满满的家国情怀，力透纸背。

蝶恋花·耳顺年闲思

独步园中思窈窈，噪耳蝉鸣，绿叶骄阳烤。景色曾谙行者少，年年暑热催人老。

戏水孩儿相打闹，似见当年，河畔青青草。混入池塘扮稚小，何忧夏尽秋风到。

·品鉴· “老夫聊发少年狂”的情感迸发，是这首词最大的亮点，令人读来不由得会心一笑。

上下片感情起伏很大，上片苦暑伤老，下片乐水扮小。造成这一转变的诱因，就是“戏水孩儿相打闹”激发了词人的童心童趣。“混入池塘扮稚小”，一副老顽童的样子，与前面的焦躁伤感判若两人。同样的环境，不同的心态，决定不同的精神境界，是这首词给我们的有益启示。所谓“闲思”也在于此。

苏幕遮·惜时

露风轻，云絮定。月上枝头，宿鸟惊初醒。弥漫暗香氤小径。醉里寻芳，桂子婆娑影。

品孤宁，思万顷。四季恒轮，人命时相迴。过隙白驹从不等。乐享天天，何苦清秋景。

·品鉴· 这首词写清秋景致，抒惜时感叹，包含哲理之思。

上片运用各种意象，细细描摹清秋夜景，特别是“月上枝头，宿鸟惊初醒”，富含王维“月出惊山鸟”的艺术辩证思维。下片抒怀，思接万顷，感叹“人命时相迴”“过隙白驹从不等”，但结句笔锋一转，“乐享天天，何苦清秋景”，点题“惜时”，提振全词，足见词人洒脱的乐天胸怀。

青玉案·诘寒

牵枝问柳春归否？但摇曳、还无语。隔断东风难与度。阴霾经月，寒流不住，叹把花期误。

丛林漠漠长云布，满地衰枯总如故。忽见新簪藏蔽处，嫩芽初发，诘他寒雨，春到何能阻？

·品鉴·　经月的阴霾、无休的寒流，阻挡了春的到来，大地一片萧瑟，盼春心切的词人写下这首词。全词意蕴丰富，充满哲思。

上片写盼春心情。开篇非常巧妙，通过与柳枝的问答，把词人盼春的焦急心情写得非常传神。“隔断东风难与度”，可依稀看到唐代诗人王之涣“春风不度玉门关”的影子。下片写春来不可阻挡。过拍承接自然，“丛林漠漠长云布，满地衰枯总如故”，既是经月寒冻的景象，又把情感坠落到谷底，为后面反转蓄势。一个“忽”字转变突起，原来新的生命已经在满地衰枯中悄悄孕育。“春到何能阻？”这是词人对寒雨的诘问，有欣喜，更有骄傲和自信。确实，能有什么力量可以阻挡春天的来临呢？

满庭芳·惜花

柳陌徐行，桃蹊独步，满园浅绿深红。芳菲四月，草木已葱茏。何故花枝乱颤，似咽语、感叹迟逢。东风过，如丝细雨，香瓣自飘蓬。

匆匆，光阴迫，佳期不等，岁月无踪。遗憾人生事，好梦成空。豆蔻梢头袅袅，可堪折、何奈娇容。凝眸久，黄鹂紫燕，切莫入花丛。

·品鉴· 这首婉约之词借物抒怀，题为“惜花”，却将惜花、怜己与惜时之情合并出之，借对暮春时节百花凋谢的怜惜，抒发光阴飞逝、青春不待之感慨。且结构婉转，用语婉约，善于层进，多借用传统婉约词句，如“柳陌”“桃蹊”“香瓣”“豆蔻梢头”之类，皆有来历，非熟读唐诗宋词者不能作也。“凝眸久，黄鹂紫燕，切莫入花丛”，惜花之情跃然纸上，不尽之意耐人寻味。

水调歌头·中秋对月

今夜一轮月，撩发几多情。不知天上宫女，可奈九霄清。满目星河奔涌，更有桂香暗送，万户享温馨。仰问斫木汉，可把美娥迎？

月无应，穿绮户，渐西行。似嘲我辈，爱恨纠结总营营。正是悲欢情苦，汇就世间精彩，更惜尔光明。仙阙虽长久，尘界亦峥嵘。

·品鉴· 古往今来，中秋那轮明月，引得多少人仰望吟诵。这首词作，与苏轼的词作同一词牌，同写中秋月，空间的来回驰骋、风格的清雄旷达，在上片颇有几分相似。后面两句，“仰问斫木汉，可把美娥迎？”耐人寻味。超越前人意境的是，这首词作的下片，一反古人对天上仙阙的追求，将满腔热爱投注在爱恨纠结、悲欢情苦汇就的精彩世间，发出了“尘界亦峥嵘”的赞叹。通篇读下来，既有仰望星空的出世诗意，又有脚踏实地的入世坚定，颇具经世致用的湖湘精神。在汗牛充栋的中秋诗词中，这首词翻唱出了新意。

水调歌头·洞庭

潋滟洞庭水，尽是我乡愁。常思万顷琼界[①]，浸月下莲舟。螺翠银盘轻点[②]，野鹭荷风扑面，鱼跃蹦船头。美景可常在，忍顾镜中秋。

斗星转，事倥偬，总怀忧。凭栏啸傲，挑灯把盏看吴钩[③]。尽挹西江雾雨[④]，遍洒三湘翠绿，湖阔复清柔。再约儿时伴，赊月醉荒流[⑤]。

---

①化用宋代张孝祥《念奴娇·过洞庭》“玉界琼田三万顷”。

②化用唐代刘禹锡《望洞庭》“白银盘里一青螺”。

③化用南宋辛弃疾的《破阵子·为陈同甫赋壮词以寄之》“醉里挑灯看剑”一句，“吴钩”为吴地所造的钩形刀。

④用宋代张孝祥《念奴娇·过洞庭》“尽挹西江”一句；西江即长江，长江连通洞庭湖，中上游在洞庭以西，故称西江。

⑤化用唐代李白《游洞庭湖》中的“且就洞庭赊月色，将船买酒白云边”一句。

·品鉴· 这首词写对洞庭湖的满腔热爱。

词人生长于洞庭湖畔，对洞庭湖充满情感。上片回忆洞庭之美。在词人的记忆中，“万顷琼界”的洞庭湖，有明月、莲舟、青山、野鹭、荷花、跳鱼，可谓一湖碧水，满腔乡愁。最后两句“美景可常在，忍顾镜中秋”，回到现实，既写人生之秋，也写洞庭湖的衰落，充满太多感慨。下片写忧湖之思。因为今天的洞庭湖小了、病了、累了，词人希望“尽挹西江雾雨，遍洒三湘翠绿，湖阔复清柔”，所以他“凭栏啸傲，挑灯把盏看吴钩”，愿为洞庭湖的保护不遗余力、贡献所能。待到“湖阔复清柔”的那一天，词人将“再约儿时伴，赊月醉荒流”。与古人相比，词人将思湖、忧湖、护湖、建湖之忧乐融为一体，境界又是不同。

念奴娇·登岳阳楼

凭栏远望，看楼前烟水，江南风物。雾隐髻螺奁镜里，夕照柳风残壁。燕阵飞斜，云帆挂远，浪卷堆堆雪。遥思千古，可怜多少豪杰。

莫道岁月匆匆，范公楼记，兰芷年年发。先圣空余天下志，忧乐此心难灭。云水西来，大江东去，壮我青青发。洞庭无忘，八千里路云月。

·品鉴· 这首抒怀词作意境高远、风格豪放，颇具“苏辛”词作格调。

上片大笔挥洒，写登楼所见，状物摹景气象万千。“雾隐髻螺”“浪卷堆堆雪”“可怜多少豪杰”化用刘禹锡、苏轼诗词，雄浑气韵不减。下片抒情言志，“范公楼记，兰芷年年发”托物寄兴，可称之为佳句。范仲淹在《岳阳楼记》中留下“忧乐”之心，但生不逢时、壮志难酬。然而，他所言“天下为先”的崇高精神与品德，始终如“兰芷”香飘久远、传承千年，也激励着当下的人们秉持“忧乐”情怀，“先天下之忧而忧，后天下之乐而乐”。结句“八千里路云月”，慷慨激昂直追岳飞的《满江红》。

金缕曲

参观汝城县沙洲村半条被子故事发生地有感

追忆来时路，望沙洲，青山相对，一川烟渚。老宅飞檐勾往事，雨雾依稀相诉。半条被，把心留住。鱼水深情思昨日，为乡亲，沫干还相与。民为贵，终难侮。

悠悠河水漂芳絮。兴亡事，人心向背，于无声处。纵有雄兵千百万，究竟化为尘土。蒋公[①]憾，生前可悟？七秩辉煌铭青史，问来由，旧事长记取。初心在，全无阻。

---

①蒋公：指蒋介石。

·品鉴· 这首词写出了一个朴素但深刻的道理："得民心者得天下。"1934年11月，湖南汝城县沙洲村，3名女红军借宿徐解秀老人家中，临走时，把自己仅有的一床被子剪下一半给老人留下了。老人说："什么是共产党？共产党就是自己有一条被子，也要剪下半条给老百姓的人。"这首词便是追忆这段红色经典故事，以示共产党人永远不忘初心，一直砥砺前行。

上片写景叙事，下片议论明旨。过拍承接自然，"悠悠河水漂芳絮"，既是实景中的河，也是流淌历史的河。"兴亡事，人心向背，于无声处"，是这首词的灵魂。"蒋公憾，生前可悟"一问，问得振聋发聩。歇拍"初心在，全无阻"，坚定有力。

沁园春·秋感

千里相邀，牵手潇湘，萍岛合流。正夕阳斜照，波浮银屑，田翻金浪，山舞红绸。雁字横空，鸥群掠水，寥廓江天点点舟。秋如画，问当年宋玉，何故悲秋？

红尘总被烦忧，置物外、身情俱自由。且结庐闹市，抱真守朴；耕耘不辍，听任天酬。一片冰心，等闲际遇，四季风光尽好游。金风爽，更知音唱和，物我悠悠。

·品鉴· 这首词写秋来潇湘风物，一反古人逢秋寂寥的调子，清新明快、潇洒俊朗，自有一股英雄气概。

上片写如画秋景。采用工笔手法，细细临摹，美轮美奂，令人神往。“寥廓江天点点舟”，化用毛泽东“寥廓江天万里霜”的词句而来，尽显秋之高远辽阔。最后的“宋玉之问”，穿越时空，堪称奇思妙笔，旷达之情溢于词外。下片侧重哲思，回答怎样才能避免宋玉之悲。“耕耘不辍，听任天酬。一片冰心，等闲际遇，四季风光尽好游”，淋漓尽致地表现出词人“抱真守朴”的人生态度。歇拍三句从沉思中回到现实，照应上片，浑然一体，再次表达自己的人生态度。

第四辑

撸袖今朝好奋鞭

秋夜漫思

万里澄空孤月悬，麓山隐约卧江边。
蝉鸣清远怀前事，水去无形忆少年。
曾击中流酬壮志，坦迎秋色赏丰田。
同侪纷至告归季，撸袖今朝好奋鞭。

·品鉴· 这首七言律诗里的“秋”有着双重含义，既指自然的秋天，也指人生的秋天。

首联写实，铺排出秋夜的万里澄空、一轮明月、隐隐麓山、迢迢湘江，意境极为高远空灵。在秋蝉的声声鸣叫中，诗人开始怀前事、忆少年。少年时那样意气风发，“曾击中流酬壮志”，其豪情壮志，令人想起一代伟人毛泽东到“中流击水，浪遏飞舟”的词句；“坦迎秋色赏丰田”，如今人生已入秋，就坦然接受吧，自己也曾奋斗过，这金色的田园里也曾有过自己的汗水。全诗先抑后扬，前面略显低沉，尾联结句突然拔起，表明作者虽至“告归季”，但仍然壮心不已。

写在援疆干部人才出发之际

自古天山边鄙地，芙蓉子弟起狂飙。
抬棺定虏平疆土[①]，凭舌制夷废卖条[②]。
湘女挥锄红雨落[③]，将军着意壁滩娆[④]。
援边队伍精神壮，功簿刷新看今朝。

---

①晚清重臣左宗棠为湖南湘阴人，晚年为收复新疆，平定由英、俄两国支持的阿古柏之乱，给自己打造一口棺材，让士兵抬着出征，以表达誓死抗敌的决心。

②曾纪泽是晚清重臣曾国藩的次子，湖南湘乡人，在左宗棠收复新疆后，他出使俄国，与沙俄谈判修改崇厚擅订的《里瓦几亚条约》，并签订《中俄伊犁条约》，促使伊犁成功回归。

③即“八千湘女上天山”的故事，她们扎根边疆，为建设新疆、保卫新疆挥洒青春和汗水。

④开国将军王震为湖南浏阳人，率兵进驻新疆，巩固边防、积极垦荒，把新疆变成了又一个南泥湾，带领新疆人民走向新生。

·品鉴· 在新疆大地上，湖湘儿女前赴后继，谱写一曲又一曲令人动容的豪壮之歌。这首七言律诗，便是诗人在援疆干部人才出发之时，有感而发写下的。

整篇诗作，用四个历史典故，真实再现了湖南与新疆之间密不可分的渊源：左宗棠抬棺入疆，最终收复新疆；曾纪泽舌战沙俄，废除卖国条约，成功收回伊犁；新疆解放后，王震率大批解放军战士进入新疆，同时从湖南招募八千女兵到新疆安家。从此，“湖湘子弟满天山”，为建设新疆、保卫新疆立下了不世之功。如今，随着援疆干部人才不断入疆，湖南仍在这份功劳簿上续写新篇。

大雪送干部人才赴吐鲁番途中

玉龙腾浪欲齐天，千里银装铺远川。
风劲荒原狼吼怒，冰凝戈壁瀑飞悬。
无边瀚海峰为岸，漫野莹光月作船。
击雪雄鹰追大漠，初萌红柳镇疆边。

·品鉴· 这首七言律诗，极具盛唐边塞诗的雄浑、阔大气象。

整篇诗读来，诗人用敏锐奇幻的想象、浪漫奔放的笔调，以排山倒海之势，铺排出祖国西北边塞的瑰奇壮丽风光，犹如铁骑刀枪的铮铮之声，在字里行间喷薄而出。“无边瀚海峰为岸，漫野莹光月作船”，营造出大漠夜间特有的广袤静默，但“追大漠”的雄鹰击穿了这种静默，复现铿锵之气。尾联的最后一句“初萌红柳镇疆边”，写到大漠特有的植物红柳，一下子将高亢激昂的节奏舒缓下来，刚柔相间、急缓相济，热情讴歌援疆干部人才扎根边疆、建设边疆的无私奉献。

惜 春

布谷声声惊晓梦，晨曦初上夜星沉。
千山碧绿嫩如玉，一地明黄灿若金。
城里难知宜雨诀，乡中始悟惜时箴。
临川撒网君须记，不负苍生不负心。

·品鉴· 这首七律，景致、哲理完美交织，淋漓尽致地烘托出“惜春”主旨。

前两联写景，山乡破晓，布谷催耕，在广袤的田野上，明艳的春光如此美好，蕴含着丰收的希望。后两联从景致里跳脱出来，转而言理，先从城乡对照中，言明春光泽雨值得珍惜，随后再延伸出更深一层的“惜春”含义。“临川”句用典，语出《淮南子·说林训》：“临河而羡鱼，不如归家织网。”孟浩然有诗云：“坐观垂钓者，徒有羡鱼情。”孟诗哀叹入仕无门，《惜春》则劝诫为官当政者“不负苍生不负心”，“撒网”有为，为百姓造福，胸襟极为开阔。

星城观汛

滚滚黄涛天际来，乱云飞渡雨斜裁。
浪摧长岛随流去，波撼高楼任影回。
岸雪珠飞层练涌，船工舵稳卷澜开。
天公枉自惹人怒，早备擒龙斩首台。

·品鉴· 这首七言律诗，描写出湖南长沙人民面对洪水时人定胜天的豪迈之情。

首联和颔联，诗人用雄奇的笔触，铺排出洪水滔天、“兵临城下”时的恣意肆虐；颈联和尾联，诗人把目光投向星城人民，歌颂他们众志成城齐抗洪灾的英雄气概，特别是尾联中的“早备擒龙斩首台”一句，秉承了毛泽东“今日长缨在手，何时缚住苍龙”的雄迈之气。

湘乡喜观机插秧

细雨霏霏燕剪翔，乡村抢季种耕忙。
机铧犁起千丘浪，钢手织成万顷秧。
农户连横图大业，公司合纵铸长康。
塍边髯叟喜相告，今日插田也有光。

·品鉴· 这首诗借观机插秧写农业农村现代化，饱含作者对“三农”的理想和期盼，希望农业成为赚钱的产业，农民成为有尊严的职业。

首联交待季节，颔联和颈联写农村变化。机械化取代了人力，新型经营主体代替了农户的单打独斗，这就是现代农业的方向。“千丘浪”“万顷秧”，有气势，展现了现代农业的规模和效率，也有诗味。尾联很巧妙，诗人借老叟之口，点明诗题，道出心中喜悦。“今日插田也有光”，不见得完全是当今现实，但道出诗人的理想和爱农情感。用传统体裁现代语汇写现代农业，尽管韵致略嫌不足，也算是有益尝试。

初冬怀化山行

三湘冬至无萧瑟，遍地缤纷万里澄。
冠顶茶花飞白雪，垂丫橘树缀繁灯。
江流淌碧云帆竞，山岳飞红骏马腾。
回首风高林密处，越年竹笋破寒凌。

·品鉴· 这首诗借用“三湘冬至无萧瑟”的美丽冬景礼赞三湘大地热气腾腾的改革发展局面。

在诗人笔下，冬天的三湘大地，茶花盛开、橘柚飘香、江河奔流、云帆争渡、山岳壮丽、骏马奔腾，气势大开。结句更是“越年竹笋破寒凌”，让勃勃生意拔地而起，给读者以奋发之气。全诗状物形象，对仗工整，炼字精当，流光溢彩，气势飞扬，非大情怀者不能使然。

鸡年开工寄语

春回大地润无声，洗罢征尘又启程。
四水奔流帆舸竞，三湘逐梦鼓鼙争。
何言干事遭猜损，唯要秉公守赤诚。
抛却浮名撸袖干，一腔热血慰苍生。

·品鉴· 这首七律气势宏大、情感激越，字里行间充溢着浩然之气，令人动容、感佩。

前两联借景抒情，后两联言理明志。颔联采用比兴手法，千舟竞发、万鼓齐擂，用以写照湖湘民众正勇往直前地创造幸福生活。颈联针砭时弊，激励担当作为。尾联直抒胸臆，抛却浮名，苦干实干，“一腔热血慰苍生”，足见诗人的情怀和品德。

己亥儿童节感怀

百年潮涌逐长波，筚路艰辛总是磨。
九派[①]夺关奔碧海，三山[②]破雾镇妖魔。
旧邦新命[③]承天运，大国复兴去病疴。
岂为强行遮望眼，乐闻励志少儿歌。

---

①九派：长江到湖北、江西一带有九条支流，因以九派称这一带的长江，后也泛指长江。

②三山，有多种解读。这里特指华夏远古神话传说中的三条龙脉：喜马拉雅山脉、昆仑山脉、天山山脉。

③旧邦新命：出自《诗经》“周虽旧邦，其命维新”，“旧邦”指源远流长的中华文化传统，“新命”指新中国建设及现代化。

·品鉴· 诗人神思飞扬，从“六一”儿童节小朋友的美妙歌声，联想起中华民族的百年沧桑，展望不可阻挡的大国复兴之势，写下了这首七言律诗，构思非常精巧。

首联总述中华民族的百年沧桑；颔联承接毛泽东“茫茫九派流中国”的高远，描写中华民族复兴像大江东去、“三山”直插云霄那样不可阻挡；颈联揭示中华民族复兴的历史必然性，生生不息的中华民族正否极泰来，遇到了历史上最好的时机；尾联承继了梁启超的《少年中国说》的民族自信，“少年强则国强”，中国未来可期。

贺改革开放四十年

寒冬霹雳起惊雷，唤醒东风紫气回。
四海潮平帆舸竞，九州道壮骥龙来。
百年筑梦宏图起，万国跟潮丝路开。
螳臂当车空费力，复兴途上险关摧。

·品鉴· 起句高远，气势不凡，用雄阔之语，热情讴歌改革开放四十年的伟大成就，是这首七律最大的艺术特点。

尾联“螳臂当车空费力，复兴途上险关摧”，面对一些反对势力的阻挠，诗人充满坚定自信，认为反对势力的所作所为无异于螳臂当车不自量力，中华民族伟大复兴的滚滚车轮，必将力克重重险关，走向一个又一个辉煌。

洞庭观潮

细雨平湖起白烟，层波漫卷与天连。
渔帆点点悬云上，征雁行行掠浪颠。
水阔风高需稳舵，流平石隐[1]惕沉船。
苍茫世海多艰险，咬定初心总泰然。

①流平石隐：化用唐代诗人杜荀鹤《泾溪》中的诗句“却是平流无石处，时时闻说有沉沦”。

·品鉴· 这首七言律诗，题为“洞庭观潮”，实为哲理诗。

前两联写景，后两联起兴，写景壮美，起兴深刻。全诗的诗眼在颈联，“水阔风高需稳舵，流平石隐惕沉船”，在宽阔的湖面上，风高浪急，需要掌舵者小心驾驶；在貌似平缓的水流下，隐藏着看不见的危险，比如足以让船只沉没的礁石。平实的语言，道出了朴素深湛的人生哲理：艰难险阻之中，保持高度警惕；平安顺利之时，决不可忘乎所以。尾联点明警醒主旨，“苍茫世海多艰险，咬定初心总泰然”，可自警，更可警人。

橘洲放歌

一钩银月半空行，两岸繁灯共水生。
山影沉江奔北粤，商船衔尾下东瀛。
彩虹座座飞天堑，楼宇层层立岸峥。
独立洲头怀领袖，潇湘风劲正云程。

·品鉴· 这首七律意象纷呈，银月、繁灯、山影、商船、江桥、楼宇……徐徐展开美丽星城长沙“山水洲城”画卷。种种意象之间，嵌入“行、生、奔、衔、飞、立”等动词，使得整幅画卷栩栩如生，如在眼前。尾联化用毛泽东词句“独立寒秋，湘江北去，橘子洲头”，将历史与现实勾连，引人深思：无数志士仁人，前仆后继，力主沉浮，才造就了今日辉煌；当下的潇湘正秉持先辈初心走向新征程，事业代代相传，充满希望。

登杜甫江阁

月笼秋水碎波柔，独上江楼怀远舟。
身世奈何风浪去，圣名却被史诗留。
命乖岂是文章祸？潦倒还因国运休。
倘使少陵今尚在，湖湘画景任悠游。

·品鉴· 杜甫江阁是湖南省长沙市内湘江河畔的一处文化遗迹。诗圣杜甫晚年曾两度驻足长沙，寄居江阁，留下诗篇数十首。

一直心怀“致君尧舜上，再使风俗淳”理想的杜甫，却遭逢乱世，壮志难酬，在《天末怀李白》中写下“文章憎命达”的悲愤之句，意谓文才出众者总是命途多舛。对此，作者并不认同，他登上杜甫江阁，跨越岁月与杜甫对话，指出“命乖岂是文章祸？潦倒还因国运休”，直言杜甫个人身世的潦倒，是李唐王朝国运衰颓所致；“倘使少陵今尚在，湖湘画景任悠游”，倘若杜甫生在当今盛世，他可以用手中的如椽大笔，尽情歌颂江山如画的盛世图景。整篇诗作古今对比，富于哲思，具有洞穿历史的审美特征。

江天一阁
岁次己亥盛夏

贺湘水余波诗社成立

湘江四月起春涛，曲水流觞赋浪高[①]。
楚地无辜留谪客[②]，江山有幸助诗豪[③]。
穷愁岂是文章祸[④]，祸福多由国运操。
铸梦今时荣世景，青春结伴好挥毫。

---

①“曲水流觞”是古代文人墨客喜欢的一种喝酒游戏，即酒杯乘水流而下，停在谁面前便由谁饮尽，并即兴赋诗。

②历史上屈原、贾谊、柳宗元、刘禹锡等大批文人贬谪流放湖南，撰写了大量的文学作品。

③南宋陆游入湘，面对潇湘盛景，夸赞“挥毫当得江山助，不到潇湘岂有诗”。

④典出诗圣杜甫《天末怀李白》中的“文章憎命达”一句。

·品鉴·“吾道南来，原是濂溪一脉；大江东去，无非湘水余波”，这便是湘水余波诗社名称的来历，有着厚重的湖湘情怀和高度的文化自信。

首联点明诗社成立正逢其时，“湘江四月起春涛”，既是自然的春天，更是时代的春天。颔联借回顾历史，歌颂湖湘文化源远流长，这是滋养诗社成长的沃土。颈联起兴，既揭示湖湘贬谪文学兴盛和文人命运的本质，又贯通古今为尾联祝福诗社做好铺垫。当下中国国运昌盛，湘水余波诗社的结成，诗人对此寄予厚望，期盼着“铸梦今时荣世景，青春结伴好挥毫”，诗社同俦互相激励，共为盛世书写锦绣文章。结句化用杜甫诗“青春作伴好还乡”而来，把诗社成员的意气风发恰到好处地表现出来。

全诗结构严谨，起承转合自然流畅，内容大开大合，思想沉郁顿挫，应景唱和之作能写出这样境界，实属不易。

庚子新正“抗疫”[1]即事八首

其一　春节宅家

瘟疫袭来罢酒盅，闲庭独步遣愁衷。
通衢阻隔[2]家山远，门院深关道巷空。
愧少良方驱恶疠，幸多义士克时穷。
凭栏凝望云中鸟，尚自翱翔击雨风。

其二　新年遥想

庚子从来时运艰，百年回望尽风烟[3]。
丧权辱国由兹始，救种图存自此先。
多难兴邦凝伟力，殷忧启圣励青年[4]。
今闻号角宏图起，还笑疫魔不自怜。

其三　立春出行

春来日出冻云开，布谷无踪声紧催。
傲雪红梅依角笑，羞风绿柳对池回。
坚冰总被阳光去，好景常随否运来。
瘴疠难迟花脚步，雷霆浩荡扫尘埃。

其四　乡村抗疫

乡间正月路人稀，水上鹅闲望碧池。
红袖敲锣传疫讯，白衣挨户辨嫌疑[⑤]。
门庭紧闭防邪祟，醇气暗氲杀瘴螭。
黄口[⑥]亦装年长样，相逢拱手祝春祺。

其五　悼李文亮[⑦]

江城妖雾未曾开，更著仁医殉职哀。
丹心抗疫身先去，真情吹哨品遭猜。
临寒方识经风竹，避祸尤需警世才。
精气长存昭日月，神州勠力克凶灾。

其六 元宵望月

愁心欲寄无明月，冻气低垂滞黯天。
思望前方鏖战紧，忍闻病患死生煎。
关山阻隔情孤怯，劳燕分飞梦独悬。
愿借长风千里跃，共清玉宇万家圆。

其七 小园赏春

久宅家中郁病生，新阳忽照小园行。
群芳最懂春风醉，头髻巧梳玉蕾惊。
新故相推开画景，正邪互较锻雄英。
恰逢红袖喷灵药，道是平妖灭祸蝾。

其八 荆楚[8]保卫战

愁云惨淡压江天，荆楚疫情举国牵。
领命援军闻讯至，舍身医护逆风先。
仁心救死蹈汤火，大爱降魔动宇乾。
唤起人民千百万，红旗指处凯歌旋。

①新正：或泛指农历新年正月，或专指农历新年正月初一，此为泛指。抗疫：指抗击新型冠状肺炎疫情。

②通衢阻隔：武汉自古有“九省通衢”的美誉。2020年1月23日，为阻断疫情传播，采取了封城的抗疫措施。

③自1840年以来的百余年间，每逢庚子年总要发生一些具有重大影响的大事，如1840年庚子年爆发的鸦片战争，1900年庚子年八国联军攻入北京，1960年庚子年正在发生的三年困难时期等。

④多难兴邦、殷忧启圣：语出晋代刘琨《劝进表》：“或多难以固邦国，或殷忧以启圣明。”又《新唐书·张廷珪传》：“古有多难兴国，殷忧启圣，盖事危则志锐，情苦则虑深，故能转祸为福也。”

⑤红袖、白衣：红袖，代指一线抗疫人员，因统一佩戴红袖标志，故称。白衣，代指一线抗疫医护人员。

⑥黄口：指小孩。

⑦李文亮：武汉市中心医院年轻医生，因抢救病人感染新冠肺炎于2020年2月7日牺牲。

⑧荆楚：指湖北。

·品鉴· 2020年的中国春节，突如其来的新冠肺炎疫情以武汉为中心席卷全国，给人民生命健康带来极大威胁。全国人民在中国共产党的坚强领导下，团结一致，英勇战斗，打响了一场没有硝烟的战争。《庚子新正“抗疫”即事八首》，表现的就是中华儿女齐心协力抗击新冠肺炎的重大主题。

第一首《春节宅家》，写忧“疫”之重。诗人选择避疫宅家的几个细节和心理活动，把对疫情焦虑、无奈的情感渲染得淋漓尽致。“罢酒盅”“独步”，活脱脱地表现了诗人坐立不安的焦虑之状。中间两联写心理活动，原来诗人忧的是封城封路后多少家庭春节不能团圆，疫情给整个国家社会带来的巨大影响；急的是面对灾难，自己苦无解救良方，只能望疫兴叹；幸的是多有“义士克时穷”。这一系列的思想活动，既有对百姓、社会的关切，又有对自己的苛责，还有对战斗在一线的“逆行者”的钦佩和战胜疫情的信心。尾联又转回写诗人行状，凭窗远眺，羡慕鸟的自由飞翔，更是把诗人焦虑、愁闷和盼望奔赴一线战“疫”的心情推向高潮。全诗语言灵动、感情跌宕、虚实相映、耐人寻味，尾联突兀而来，堪称奇想佳句。

第二首《新年遥想》，励战“疫”之志。诗人回顾中国一百多年的救亡图存、浴火重生的奋斗历史，鼓舞人们战胜疫魔的坚强斗志。开篇就用“庚子多难”这一中国独有的历史镜像，把人们的视线引向1840年的鸦片战争、1900年的八国联军攻入北京、1960年正在发生的三年困难时期，以及2020年的新型冠状病毒肺炎疫情。回望历史，不是为了发思古之幽情，而是以史为鉴，从历史中汲取战胜困难、勇毅前行的动力。中华民族历经磨难而生生不息，越挫越勇，至今巍然屹立在世界东方，充分证明什么困难也压不倒中国人民，只会使我们的民族空前凝聚，“多难兴邦凝伟力，殷忧启圣励青年”。今天的中国已与过去不可同日而语，尽管敌对势力利用中国疫情落井下石，但阻止不了中国人前进的脚步。结句斩钉截铁，充满必胜的信心。“还笑疫魔不自怜”，既是对疫病的轻蔑，也是对唱衰中国的嘲笑。这篇诗作纵横历史、视野宏大，显示诗人高度的民族自信、制度自信。

第三首《立春出行》，表必胜之心。前两联写景，后两联抒情。写景极言春来之美好，“羞风绿柳对池回”，体验入微，美得让人心动，堪称佳句，又为后面的议论备足铺垫。“坚冰总被阳光去，好景常随否运来”，凌空而至，充满哲思。结句“雷霆浩荡扫尘埃”，气势恢宏，让人振奋。全诗大开大合，写景柔美，抒情豪放，刚柔相济，情景交融，堪称意境与思想完美结合之作。

第四首《乡村抗疫》，写全民抗“疫”。这首诗最大的特点是严肃的主题轻松表达。“水上鹅闲望碧池”尤为传神，疫情下的乡村极为冷清，连鹅都在引颈张望，希望有客人到来，暗示乡村防控抓得非常严格。中间两联具体写防疫的场景。尾联堪称神来之笔，“黄口亦装年长样，相逢拱手祝春祺”，既叫人忍俊不禁，又叫人拍案叫绝，连孩子都发动起来了，全民皆兵，疫魔还往哪里逃？全诗用白描的手法，随意剪辑几个场景，把农村紧张的抗疫形势和盘托出，含蓄隽永，意韵深长。

第五首《悼李文亮》，写对疫情的反思。李文亮是牺牲在武汉抗疫战场的一名年轻医生，也是最早向社会预警疫情的人，但却遭到了警察的传唤训诫。这首诗最大的亮点是没有沉浸在对亡者的哀痛中，而是痛定思痛，从更高的层面揭示李文亮事件需要汲取的教训。“临寒方识经风竹，避祸尤需警世才”，既是对李文亮高贵品质的赞扬，更是对世人的警示，对那些不敢担当作为的昏官庸官的鞭笞。“千人之诺诺，不如一士之谔谔”，这首诗同样给我们这样的警醒。

第六首《元宵望月》，寄关切之情。这首诗形神兼备，感情强烈，格律工稳，几乎句句对仗，堪称诗中之诗。元宵本是万家团圆欢聚的美好时刻，可是处于疫情中的人们，却饱受生离死别的煎熬，所以作者开篇就化用李白“我寄愁心与明月”的诗句，使全诗染上浓浓的悲情色彩。中间两联诗人把感情投注到饱受疫病摧残的普通百姓，饱含悲悯，沉郁顿挫，催人泪下。尾联从悲情中拔出，“愿借长风千里跃，共清玉宇万家圆”，格调由抑转扬，既是责任使命情怀的抒发，又是对苍生百姓的美好祝愿，赤子之心跃然纸上。

第七首《小园赏春》，是送给宅家避疫的人们一束欣喜的光亮。久雨放晴，阳光灿烂，春意初现，被压抑多日的诗人诗心也开始跃动。“群芳最懂春风醉，头髻巧梳玉蕾惊”堪称佳句，一个“惊”字把初春里花草树木蠢蠢欲动的娇羞写得栩栩如生。颈联借景起兴，又与正在紧张进行的疫情防控联系起来，“新故相推”“正邪互较”，肯定是新事物取代旧事物，正义战胜邪恶，寓意深刻，议论精当。尾联收束非常巧妙，“恰逢红袖喷灵药，道是平妖灭祸蝶”，是对一线抗疫人员由衷赞美，正是他们的辛勤付出，才换得千家万户的幸福安宁。这首诗手法灵巧，赋比兴兼用，转承起合流畅自如，颇见诗人功力。

第八首《荆楚保卫战》，组诗的收篇之作，通过描写全国抗疫主战场湖北可歌可泣的悲壮场面，充分展示“一方有难，八方支援”的中国特色社会主义制度优势，以及广大军民、医务工作者大无畏的英雄气概。“唤起人民千百万，红旗指处凯歌旋”，豪迈苍劲，满满的正能量。

清代诗人赵翼《题遗山诗》有这样两句：“国家不幸诗家幸，赋到沧桑句便工。”《庚子新正“抗疫”即事八首》组诗，应是诗人用心用情用力打造之作，力透纸背，是对庚子开年这场给国家和人民带来深重灾难的疫情的忠实记录。相信若干年后，人们读到这些诗，会记住这个时代，记住那些挽狂澜于既倒的“逆行者”。当然，我们唯愿“国家不幸诗家幸”绝迹，中华大地永远阳光灿烂，苍生百姓永远幸福安康。

宦海归来莫语休

次韵爱华兄《退休感言》兼寄诸同窗以互勉

宦海归来莫语休，人生精彩始开头。
相牵野鹤水穷处，独伴闲云日尽收。
老酒满斟酬道友，新诗激品任风流。
桑榆美景随心造，岂有阴晴羁远游。

·品鉴· 这首七律一改传统咏老诗的消极悲观，满怀旷达、乐观之气，读后令人精神一振。

首联以昂扬激情的语句奠定了整首诗的感情基调。颔联和颈联，紧紧围绕首联“精彩”二字着笔，铺陈退休之后人生的诸多风光，可以与“野鹤”“闲云”为伴，有着王维“行到水穷处，坐看云起时”的闲适安逸、无拘无束；有着与友人觥筹交错、谈诗论道的惬意，像苏东坡一样“诗酒趁年华”的洒脱豪放。尾联化用“莫道桑榆晚，为霞尚满天”诗句，指明一切精彩皆由心态决定。全诗节奏明朗、情感欢快，多处化用古人诗句又自然天成，似与王维、苏轼等古人心心相印，曲通今古，引人入胜。

走村见闻三首

一

山上桃红菜垄花，塘前屋舍柳丝斜。
燕归迷路低空舞，犬吠抬头告徙家。

二

桃红李白菜花黄，七彩乡原撩客觞。
欲问丹青谁妙手，轻风遥指荷锄郎。

三

满坡茶果绽花香，棚里新苗破土床。
问道乡亲收入事，腆云能比上年强。

·品鉴· 诗人浓浓的乡土情结，一踏入乡村土地，一花一草皆是诗情。这组七绝既秉承古代山水田园诗派的通灵、清新、自然，又有强烈的时代气息，热情讴歌了脱贫攻坚和乡村振兴时代背景下农村的巨大变化，展现了深挚的人民情怀。

第一首写农村之变。诗人截取阳春时节农村桃红柳绿、莺飞燕舞的美丽图景，运用拟人手法，假借“犬告”“归燕”“徙家”，暗寓农村的巨大变化。全诗含蓄隽永，灵动清新，读来口齿生香、无比向往。

第二首揭示农村之变的原因。诗人笔下，农村就是一幅美丽的图画。首联既是写景，更是热爱农村的感情抒发，“撩客觞”，景我相融、情醉意迷。尾联神来之笔，“轻风遥指荷锄郎”既有贺知章“二月春风似剪刀”的精妙，更超其不具有的深邃：原来农村的一切美丽，不仅仅是自然的赐予，更是农民勤劳的创造。幸福是奋斗出来的，“荷锄郎”让我们听到了时代的跫音。

第三首实写农村春耕场景。前两首空灵飘逸，而这首却朴实无华，形成较大反差，疏密相映，浓淡相宜，好似国画手法。诗人最后登场，亮明走村目的，原来不是郊游观光，而是了解“三农”情况，问计于民，浓浓的民生情结和强烈的使命担当由此可见。

十八洞村纪实八首

一

十年贫困大山眠，一举扬名天下传。
遍地春风花正艳，游人竞访洞中仙。

二

青石小街黑木楼，火塘熏肉正流油。
苗家酒菜香醇厚，引得游人醉不休。

三

村寨倚天云影开，山光水色共徘徊。
猕桃稔熟招蜂蝶，稻下鱼肥待客来。

四

洞底千年酿玉泉，无人会意自溅溅。
幸逢时运遭汲取，方得泽民美誉传。

五

琳琅土产列山庄，十八招牌分外香。
一键云中通四海，经商不必去他乡。

六

家家喜气满华堂，垒尽时鲜备客尝。
小伙延宾厅上坐，笑谈蜂业娶新娘。

七

互助相帮兄弟亲，争先恐后尽贤人。
广开门路谋长远，百尺竿头日日新。

八

地覆天翻惊鬼神，乡亲笑脸更迷人。
都云赶上新时代，户户国旗檐角伸。

·品鉴· 这组七绝组诗，共八首，全面展示了精准扶贫给湖南省湘西土家族苗族自治州花垣县十八洞村带来的天翻地覆的变化，热情讴歌“遍地春风花正艳”的新时代。

第一首总起。2013年，习近平总书记来到十八洞村的乡亲们中间，作出了“实事求是、因地制宜、分类指导、精准扶贫”的重要指示，自此，十八洞村成了全国精准扶贫的首倡地，名扬天下；精准扶贫如春风化雨，滋润着这块曾经贫瘠的土地。现如今，这里“一举扬名天下传”，“游人竞访洞中仙”，一幅脱贫致富的宏伟画卷，正在湘西州的青山绿水间展开。

第二首到第五首，诗人分别从农家乐、猕猴桃产业、十八洞村山泉水、十八洞村电商等多个截面，展示十八洞村经济的蓬勃发展，昔日的穷山沟，现在正是“产业兴旺、百姓富裕”，“十八招牌分外香”。

第六首到第七首，则展示了村民们焕然一新的精神面貌和社会风气，洋溢着满满的幸福感：“脱单”后的喜悦、共同致富的奋进、邻里相助的和谐，一派祥和文明、向上的景象。

第八首结局。截取了一个色泽鲜艳的画面，“户户国旗檐角伸”，表达了乡亲们对时代、对党和国家的感恩之情，揭示了十八洞村巨变的根本原因。

三月喜闻桃江阳泉河村脱贫三首

一

前山竹海后山花，林下土鸡塘里虾。
村叟柴门迎访客，喜言娶媳砌新家。

二

美人窝里美人嬉，日暮村坪云彩追。
锣鼓喧天红袖舞，婆娑桂影月来窥。

三

乡村旧貌变新颜，饮水思源谈笑间。
月上梢头风色软，蛙声伴我踏春还。

·品鉴·　这组七言绝句，截取白天、傍晚和深夜三个生活片断分写，一个“喜”字，统领全篇，写出了湖南桃江阳泉河村脱贫之后村民安居乐业的幸福景象。整组诗清新自然，充满了浓郁的生活气息。

竹林滴翠、花果飘香、鸡鸭成群、鱼虾满塘，这是访客白天看到的农家景象，也暗示出农家脱贫致富的原因，正在于因地制宜发展本地特色种植业和养殖业，现在，新房子盖起来了，新媳妇也娶进门了。傍晚时分，美丽的农妇们装扮一新，随着开心的锣鼓，在初月下载歌载舞，一派喜乐祥和。夜深了，踏月而归的夜归人，仍在回味着刚才那场言笑晏晏的乡村夜话，不禁喜上心头，就连“呱呱”蛙鸣，也好似声声赞许了；而谈笑间的“饮水思源”，巧妙点出了村民们脱贫致富后的感恩之心。新农村这般美好，夜归人沉醉在春风月夜里……

湘南春龙节赶社[①]

夜雨敲窗难入梦，
夙兴串户问村翁。
街头赶社人声沸，
溪口桃夭飞瀑红。

①赶社：指农历二月二日后，湘南一带农民为备耕集中在圩场购买生产资料。

·品鉴· 春龙节（农历二月二日）这一民间传统节日，又称“龙抬头”、农事节、春耕节，寄寓着风调雨顺、五谷丰登等美好期许。在这首诗作里，只见农民们急着去圩场赶社，“街头赶社人声沸”，抢着在这一天备好春耕物资，准备下田耕耘；“溪口桃夭飞瀑红”最值得称道，桃花红艳、瀑流飞溅，一派勃勃生机，烘托出春意盎然的春耕图景。

山村欣情

山村每到有新篇，
走出公门百草鲜。
绿色清风驱暮气，
乡亲笑脸养心泉。

·品鉴· 这是一篇非常接地气的七言绝句，直言机关干部要走到老百姓当中去，多倾听他们的心声，从他们那里汲取营养智慧。

“绿色清风驱暮气，乡亲笑脸养心泉”，细细品读这两句，有着朱熹“问渠那得清如许？为有源头活水来”的哲理。从政者只有问政于民、问需于民、问计于民，甘当人民的小学生，才能长久地保持思想活力，这是《山村欣情》留给人们的最大启示。

忧 农

布谷时分雨不休，
河塘到处泛浑流。
江南应是栽秧季，
田野空芜令我愁。

·品鉴· 这首七绝表现诗人的忧农情结和民生情怀。“田野空芜令我愁”，直抒胸臆，道出当今一些地方农田抛荒的现实。

咏浪

浪阔连天涌，雷霆日夜闻。
冲滩珠玉碎，撞壁雪花纷。
百折磨吴剑[①]，千回助虎贲[②]。
痴心图破石，深意付来君。

---

①吴剑：指宝剑，春秋时吴国的宝剑名满天下。
②虎贲：古指勇士、武士。

·品鉴· 这首五言律诗借浪的品质精神，鼓励人们不畏困难、不懈奋斗。“百折磨吴剑，千回助虎贲”“痴心图破石，深意付来君”，这种永不放弃的精神，堪比希腊神话中西西弗斯“滚石上山”的不屈抗争。西西弗斯每天推一滚石上山，但石头每被推到山顶，旋即又滚落下来，但他毫不气馁，终其一生都在不懈坚持。当下中国，人才的成长、民族的复兴，都需要这种永不放弃的意志和定力。

忧湘江

人从堤上走，水在脚边流。
江阔群山矮，浪高孤岛浮。
长河无渡楫，小巷有援舟。
愿借瑶姬力，缚龙解患愁。

·品鉴· 白居易曾说过：“文章合为时而著，歌诗合为事而作。”这首五言律诗，因湘江水患危急有感而发，表达民生忧虑和救灾愿望，正是“为时”“为事”之作。尾联，诗人由实写汹涌洪流、救援抢险，转入远古神话——传说巫山神女瑶姬，曾经帮助大禹治水。诗人借用这个神话，表达了急切的救灾心愿：今朝也愿再借神女瑶姬之力缚住龙王，以解洪水之危。想象之奇、用情之切，令人赞叹。

乡村访贤

泥径鸟迹斑，沿溪访村贤。
虫鸣不知处，水溅碎珠圆。
桃李燃山坳，菜花亮坪滩。
柴扉隐修竹，山鸡啄树颠。
促膝问忧乐，掏心语甚欢。
都云春光好，布谷催耕田。
日落牛归舍，林月随我还。

·品鉴· 诗人有着一颗“民胞物与”的大爱之心。在这首五言古诗里，诗人用细腻的笔触，写出了春日山乡农家的种种美好，山水、花鸟、坪滩、屋舍……有声有色，春意盎然。

“促膝问忧乐，掏心语甚欢”这两句，生动再现了春访农家的一个暖心细节：访者和被访者促膝而谈，相互之间都言语坦诚、相谈甚欢；而“都云春光好，布谷催耕田”，尽显老百姓对党的好政策的喜悦之情，上下同欲，干群一心，乡村振兴，催人奋进。

花 语

疫中久宅，小园偶步，忽见群芳争妍，春意盎然，有恍如隔世之感。

独居小园里，花草皆亲朋。
朝朝频相顾，气息似与通。
谁知疫病起，相隔咫尺中。
一日春晖暖，路逢竟陌容。
花开寂无主，人行孤影从。
缘何相违久？枝摇泪眼蒙。
我道瘴气重，人间正愁浓。
半晌凝无语，间关[①]鸟啁从。
临别藤缠袖，睇盼意千重。
愿君多保重，我自待春风。

①间关：拟声词，形容鸟叫声。

·品鉴· 此首五古构思巧妙、清新晓畅，花鸟友于、侠义柔情，形象地表达了人们在漫长新冠肺炎疫情中饱受煎熬的内心。“一切景语皆情语”，草木无情人有情，诗人久宅家中，见到熟悉而又久违的绽春花草，不禁百感交集，一场与花草兄弟爱人般的倾诉、慰藉由此徐徐展开，不得不佩服诗人的多愁善感和奇崛、婉约的艺术表达。尤其尾句“愿君多保重，我自待春风”，正所谓花解人时花亦语啊！

临江仙·自嘲

日夜奔忙废寝食，归来恍惚三更。家门深闭寂无声。饥肠难入睡，辗转饮蛙鸣。

江海小舟非我有，位卑恐忘来程。映窗朗月引诗兴。甘为凡俗子，苦乐寄余生。

·品鉴· 这首词应是仿苏轼的《临江仙·夜归临皋》而作，但在立意上已出其右。苏轼追求的是“小舟从此逝，江海寄余生”的闲适生活，但此处词人却说“江海小舟非我有，位卑恐忘来程”，赤子之心可鉴。

上片写忙碌之状，下片抒家国之情。“辗转饮蛙鸣”“映窗朗月引诗兴”，生动而富有情怀。题为“自嘲”，却分明透出一份入世的坚韧：“甘为凡俗子，苦乐寄余生。”

临江仙·喜盟湘水余波诗社

浩渺湘江来万里，钟灵楚地风流。英才辈出炳春秋。余波追梦去，浪遏大江舟。

每欲诗文歌盛世，又叹笔拙踟躇。欣逢结社遇同俦。相携承雅韵，辞赋唱神州。

·品鉴· 这首词紧扣诗社名称发挥，贯古通今，祝福诗社传承湖湘文化，为繁荣文艺创作展现更大担当作为。

上片前三句写湖湘文化源远流长，这是滋养诗社成长的肥沃土壤。最后二句，是对诗社前途的展望和祝福，“余波追梦”“浪遏江舟”，蔚为壮观。下片是对诗社同仁的期待，当下中国江山如画、盛世如歌，诗社同俦当携起手来，相互学习，写出最美的“辞赋”，来歌颂这个伟大的新时代。

采桑子·六一

欢歌笑语云天外，喜见童颜。爱看童颜，俯首当牛又少年。

人时代谢无穷已，后出于前。更胜于前，何必揪心鬓发斑。

·品鉴· 这篇词作题为“六一”，却不拘泥于仅仅写儿童，还将词人自己的人生体悟融入其中，相得益彰，饱含哲理思考。

已经“鬓发斑”的词人，看到欢声笑语的童颜，并没有黯然神伤，发自内心的喜悦之情，让他心甘情愿地“俯首当牛”，自己仿佛也重返少年；“人时代谢无穷已”，少年正在成长，时代一直前行，老去的一代无须失落，就向朝气蓬勃的少年，投以最深情的目送和祝福吧，因为“少年强则国强”。

虞美人·补天

绵绵淫雨无穷了，处处灾情报。茫茫洪水漫江流，精卫声声凄厉更添愁。

夜深始母[①]忽邀请，梦驾昆仑顶。炼成熔浆堵天槽，万里晴川锦绣复妖娆。

①始母即女娲，为中华民族之始母。

·品鉴· 这首词把现实和神话传说融为一体，极尽想象之能事，展现人定胜天、终将取得抗洪救灾胜利的信心和豪情。

上片借用“精卫填海”的神话，言说洪灾已“茫茫洪水漫江流”；下片借用“女娲补天”的神话，誓将“炼成熔浆堵天槽”，迎来“万里晴川锦绣复妖娆”的抗洪胜利。整首词章用典贴切，既能师承古意，又能故中求新，为民情怀炽烈。

蝶恋花·山村冬景

水落溪清磐石踞。岭上飞红，岭下青青树。果满枝头蜂蝶舞，往来商贾车盈路。

女亮歌喉男秀鼓。东寨迎亲，西寨开新铺。盛世山村承露雨，冬来亦有春风度。

·品鉴· 这首词歌颂精准扶贫和乡村振兴给山村带来的变化。

在中国浩如烟海的诗词作品中，描写山村冬景的时候，氛围多定格为萧索、冷落、寂静。但这首词从传统中跳脱出来，把山村冬景写得极富生活情趣与祥和欢快。上片写景，前三句写自然景色，后两句写发展景象，一静一动，彰显山村冬日的勃勃生机。下片写百姓生活的充裕，拓展山村冬景的内涵。歇拍二句，比喻贴切，“承露雨”“春风度”揭示出山村变化的深刻原因。全篇语言晓畅，色泽鲜明，画面灵动，生活气息浓郁，应为讴歌精准扶贫的力作。

沁园春·到韶山庆七一有感

久雨初停，雾散云开，圣地焕新。仰巍巍铜像，绵绵山岭，伟人风采，历久弥尊。怀远百年，惜恩当下，饮水当思挖井人。瞻红日，正云祥气瑞，光照乾坤。

精神励我终身，去尘垢、誓言铸党魂。恰中华崛起，同心勠力；欣逢盛世，守正图新。继往开来，夯基固本，本色初心为万民。三躬首，诺忠诚肝胆，壮志凌云。

·品鉴· 总体来说，该词属节日感怀之作，但立意高远、层次分明、气势磅礴，非一般感怀之作可比。同时，词作将历史与现实结合，将追溯历史与展望未来相连，体现出词人宏阔的历史视野与精湛的理论素养。其中，“本色初心为万民”，既是对伟人精神的礼赞，也是对伟人精神的传承。

西江月·写在新中国七十华诞

万里风鹏正举，九州上下齐同。复兴道上勇争锋，可笑蚍蜉蠢动。

岂止西方月好，应知东面春浓。百年奋斗建奇功，守定初心追梦。

·品鉴· 这首词写中华民族复兴不可阻挡。

上片展示当今中国强劲的发展势头，连用三个典故，却平白如话，不着痕迹。“万里风鹏正举”，典出《庄子·逍遥游》：“鹏之徙于南冥也，水击三千里，抟扶摇而上者九万里。”李清照曾在《渔家傲》写有“九万里风鹏正举”之句；“九州上下齐同”，九州，中华古称，上下齐同，上下同欲者胜；“可笑蚍蜉蠢动”，典出韩愈《调张籍》的“蚍蜉撼大树，可笑不自量”。下片体现制度自信，满满的正能量，催人奋进。

十六字令四首

韵寄羊城海沙同学兼贺新中国七十华诞

歌。
七秩征途坎坷多。
中兴梦，帆涌大江波。

歌。
卌载耕耘总是磨。
金秋爽，果满众山坡。

歌。
沃土生金壮万禾。
承天运，岁月少蹉跎。

歌。
酒遇同窗叹日梭。
吾何幸，未得识干戈。

·品鉴· 十六字令，词牌名，因全词仅十六字而得名，属于最短的词。越是简单的，往往越不简单，要求“以词之最短，书情之最长”。最为有名的十六字令，当数毛泽东创作的《十六字令三首》，描写长征路上的山，气势博大雄浑，也折射出毛泽东宏大的胸襟和抱负。

这组小令，结构绵密，层层递进，把个人前途和国家命运紧紧相连，热情歌颂七十华诞的新中国给人们带来的幸福感和满足感，读后荡气回肠、感同身受。

第一首总起，写新中国七十年坎坷征途和巨大成就。“帆涌大江波”，就是当今中国的盛景，也是鼓舞每个中国人奋斗前行的力量源泉和时代环境。

第二首写词人和同窗四十年的奋斗成就。时代为个人成长奋斗提供了广阔舞台，每个人都有出彩的机会，作者和同窗们尽管也经历了不少酸甜苦辣，但到现在功成名就，“果满众山坡”。

第三首揭示个人成长进步的原因。“沃土生金壮万禾”，比喻国家和时代对个人成长的滋养，极为贴切。

第四首写感恩。“未得识干戈”，道出当代中国人的共同心声。一部中国的近现代史，就是战乱频仍、中国人民饱受屈辱苦难的历史。今天的中国已巍然屹立于世界东方，中国人民正以前所未有的自信迈向世界舞台的中央。在新中国七十华诞之际，作者自豪情充沛，感恩心满满。

己亥[1]岁末述怀五百字

聃夫子，谪仙人[2]，亘亘万世双星客。骑牛跨江[3]无所踪，也惧青丝暮成雪[4]。史脉悠悠数英雄，百年奋斗俱超绝。列强环伺逞疯狂，中华崛起洗沉厄。少梦天堂垂羡涎，而今遥指都不屑。一夜乘舟到日边，夸父再生无可诘[5]。休叹时光去如梭，从容笑看千古月。

千古月，依旧同，相映成趣春秋阅。从来圣贤多寂寥，今人有梦任挥写。吾辈本是蓬蒿丛，竟能沐露秀林樾。重开国考御长风，庆幸选在公门侧。改革开放搭舞台，拾级而入簪缨列。常怜东坡旷世才，命运多舛屡遭谪。时代不予我良机，依然陇亩叹埋没。溯源追根谢恩崇，圣世壮怀图报国。

图报国，献忠诚，埋头干事未敢歇。晨起入户问民需，夜思答案常沥血。身在兵位作将谋，自为将时多虑竭。虽少宏图济世才，却有些小治安策。沅澧战天斗洪魔，湘江沐雨兴产业。基层奔跑龙虎姿，机关踱步鬓毛谢。久宦惕厉[6]夜不惊，鸟语侵晓闲梦觉。岂求显达骛虚名，但喜百姓皆笑靥。

皆笑靥，晴雨测，从政应修为官德。视民如伤赤子情，安居乐业良吏责。履职切忌唯乌纱，执法要戒私与怯。平生或有曲和伤，坦然知足亦常乐。做人处世力真诚，升迁流转耻攀借。官职大小过眼云，品行高低终身节。大浪淘沙掀巨澜，多少骄子身名裂。襟抱未开[7]莫沉沦，春风得意防骄懈。

防骄懈，守初心，还须信念坚如铁。大国复兴路途艰，众志成城谁阻遏？寒凝大地蕴春华，老砺壮志持本色。聃夫子，谪仙人，消极无为快改辙。大江东去浪滔天，万帆竞发势凛冽。击水渡海正当时，岂让年华空悲切？

---

①己亥：2019年为农历己亥年。180年前的己亥年，清代诗人龚自珍曾写下一组以改良中国为己任的爱国诗歌《己亥杂诗》。唐代杰出现实主义诗人杜甫曾写下题为《自京赴奉先县咏怀五百字》的长诗。

②聃夫子，谪仙人：前者指中国古代思想家、道家学派创始人，位列世界百位历史名人的老子；后者指唐代伟大的浪漫主义诗人李白。

③骑牛跨江：骑牛，指的是老子"骑着青牛，出函谷关，羽化登仙"的传说故事；跨江，指的是李白在安徽马鞍山当涂县采石矶捞月溺亡的传说故事。

④青丝暮成雪：出自李白《将进酒》"高堂明镜悲白发，朝如青丝暮成雪"，比喻时光短暂，青春易逝。

⑤无可诘：夸父，中国上古时代的神话传说人物，力大无穷，善于奔跑。此句是说，面对"神舟飞天"的现代科技，就算夸父再世，也会自叹弗如，不敢质疑、诘问现代中国的发展速度。

⑥久宦惕厉：指当官日久担心越多。

⑦襟抱未开：唐代崔珏在《哭李商隐》一诗中，写下了"虚负凌云万丈才，一生襟抱未曾开"的诗句。此处指那些郁郁不得志之士。

·品鉴·　因为《诗经》、楚辞、唐诗、宋词，中国被世界誉为"诗的国度"。其耸立在诗国巅峰的是唐诗，而造就"九天阊阖开宫殿，万国衣冠拜冕旒"大唐盛世诗风的，除了我们知道的《唐诗三百首》，还有大量的歌行体诗歌，如张若虚的《春江花月夜》、白居易的《长恨歌》、杜甫的《茅屋为秋风所破歌》等。

这首诗即是歌行体。全诗80句，500余字，按“述怀”体例，分为五个乐章：第一乐章，歌咏时代。感叹今人虽也像古人那样时光易逝、人生易老，但“从容笑看千古月”，有幸经历“百年奋斗俱超绝”“中华崛起洗沉厄”“一夜乘舟到日边”的沧桑巨变。第二乐章，感恩时代。诗人回顾自己的成长历程，虽然出身寒微，但由于赶上千古难逢的盛世，一展个人抱负，起于“蓬蒿”，秀于“林樾”。第三乐章，报效时代。诗人无论身在兵位，还是自为将时，无论在基层，还是在机关，足迹遍布三湘四水，“埋头干事未敢歇”，只求“百姓皆笑靥”。第四乐章，思考时代。诗人在本章对从政之道、为人之旨这个重大命题进行深邃思考：“官职大小过眼云，品行高低终身节。”无论逆境顺境都要保持清醒和定力，“莫沉沦”，“防骄懈”。第五乐章，奋进时代。诗人尽管已近致仕之年，但仍然自警自励，且借规劝老子、李白劝勉世人，“消极无为快改辙”“岂让年华空悲切”，满满的家国情、激荡的正能量中，乐章戛然而止。

这首诗是本诗集的压轴之作，与开卷的《星夜遥寄》首尾呼应，可谓匠心之构、呕心之咏。

构思之巧：诗从两个神仙级的人物老子、李白起兴开篇，又以规劝两位仙人结局，形成了一个完整的抒情脉络闭环，把古人和今人、历史与现实巧妙地勾连在一起，形成了叙事与抒情的广阔背景，使诗作穿越时空，具有沉甸甸的厚重感。

层递之妙：充分发挥歌行体形式灵活、音韵不限的特性，紧扣时代主题，沿着歌咏时代——感恩时代——报效时代——思考时代——奋进时代这样一条清晰的主线，逐层展开，收到了层递之妙、水到渠成的艺术效果。

境界之阔：这首诗题为“述怀”，但并没有拘于个人的小家之情、一己得失，叙事抒怀境界极为开阔。写时代，把古与今联系起来，展现了大视野；写自己，把成长过程与时代变迁联系起来，展现了大情怀；写人生，把一己奋斗与当代共产党人的职责使命联系起来，展现了大格局。诗中的很多语言，譬如“久宦惕厉夜不惊，鸟语侵晓闲梦觉”“岂求显达骛虚名，但喜百姓皆笑靥”“履职切忌唯乌纱，执法要戒私与怯”“官职大小过眼云，品行高低终身节”“襟抱未开莫沉沦，春风得意防骄懈”等，虽然朴实无华，但字字千钧，直抵人心，给人启发，催人奋进。

读罢诗人殿后之作，深信“诗有高下，首在境界”，此言不谬！

人间要好诗

——读蔡建和诗词集《星夜遥寄》

张海沙

唐宪宗元和十年，即公元815年，白居易正贬任江州司马。在这期间他创作了流传千载的《琵琶行》。也是在此期间，他读了李白、杜甫的诗歌之后，写下了《读李杜诗集因题卷后》。全诗如下：“翰林江左日，员外剑南时。不得高官职，仍逢苦乱离。暮年逋客恨，浮世谪仙悲。吟咏留千古，声名动四夷。文场供秀句，乐府待新词。天意君须会，人间要好诗。”白居易以为，或许正是李白、杜甫历经的乱离磨难，才使其诗名传之久远。莫非天意如此：人间要好诗，所以诗人多磨难。

中国古代文人是一个社会地位沉浮起伏波动极大的群体，在其跌入人生低谷之时，将命运的蹇厄作为创作的动力，因而“发愤著书说”与“不平则鸣说”影响深远。然而，中国古代诗歌的创作传统，或者说，中国文人的创作情境，仍然存在着另一种状态，即在社会处于治世、在人生处于顺境之中，诗人辈出、卓尔成家。这就是盛世出诗人。我对于盛唐的诗坛感慨如此，对于北宋的文坛亦有如此感慨。

公元2017年7月9日，昔日同窗蔡建和兄从长沙将他的一组近体诗寄予岭南，予拜读之后，更坚定了如此认识：好诗自在四时，无关穷达治乱。然诗美之境，非人人能达。人能达诗美之境，其诗美矣。李翰林无论江左江右，杜工部岂言剑南剑北！建和兄即为当代达诗美之境者，其征有三：

其一曰：得江山之助。人与自然的关系，并非只具有实践的意义，更具有美学、哲学意义。亲近自然、感悟自然，自然为诗美之无尽藏。《新唐书·张说传》记载：“既谪岳州，而诗益凄婉，人谓得江山助云。”从长安贬到岳阳的唐代宰相张说，将洞庭湖的风光写入诗歌，使得其诗歌别开生面。我与建和兄同在洞庭湖边长大，洞庭湖的千里烟波常在心中激荡。建和兄将此化而为诗，诗风慷慨激荡，岂非得江山之助乎！

洞庭观潮

细雨平湖起白烟，层波漫卷与天连。
渔帆点点悬云上，征雁行行掠浪颠。
水阔风高需稳舵，流平石隐惕沉船。
苍茫世海多艰险，咬定初心总泰然。

水调歌头·洞庭

潋滟洞庭水，尽是我乡愁。常思万顷琼界，浸月下莲舟。螺翠银盘轻点，野鹭荷风扑面，鱼跃蹦船头。美景可常在，忍顾镜中秋。

斗星转，事倥偬，总怀忧。凭栏啸傲，挑灯把盏看吴钩。尽挹西江雾雨，遍洒三湘翠绿，湖阔复清柔。再约儿时伴，赊月醉荒流。

上文一为诗作，一为词作，均是洞庭湖题材，作者阔大的眼界与情怀，都由波澜壮阔的洞庭湖表达了。当然不止于洞庭湖，大江南北山山水水，作者都有会心的描绘。作为湘籍人士，我本人仍然偏爱他的湘中风情诗，如《初夏喜晴》：“云开日出见新晴，翠鸟依人啼晓清。点点苍苔生野径，枝枝碧叶惜残英。田头青稻苞初发，岭上黄梅果早成。久雨未迟耕耨事，欣欣万物自承情。”那满山遍野郁郁葱葱，诗人可以引发读者多么美丽的回味！

其二曰：得情韵之深。王国维《人间词话》以为，诗人须有赤子之心。所谓诗人有赤子之心，就是笔下呈现的是真景物真感情。建和兄诗歌中有亲情、友情、乡情，一往而情深，写来都是那么真切深挚。如下面这两首：

清明

蒙蒙烟雨纸钱风，郁郁乡愁游子衷。
千载清明思未已，今年祭扫面难同。
春花有意山原灿，岁月无情世事匆。
呼请亲朋斟满酒，举杯怀祖谢恩崇。

丙申腊八与第迁、波涛同学相聚永州

腊八隆冬遍地霜，相邀千里会潇湘。
笑谈青少惭葸懂，细数同窗粮短长。

莫道庸常无壮举，甘持拙朴免惊惶。
言欢未尽夜深处，又诺新年聚粤乡。

而在其诗作中，最能打动我的是他对于乡土、乡村、乡情的书写。这种书写，需要发现，更需要情怀。

仲春乡村纪事三首

一

平塘小雨水粼粼，稚子堤边垂钓纶。
浪打浮漂摇不定，惊呼鱼噬起竿频。

二

乡间紫陌绕遥岑，杏雨桃云漫称心。
总怪蜂来追客走，只因芳露湿衣襟。

三

农家迟日备耕忙，春色满园自涌芳。
犬吠鸟鸣鸡上树，坪前日晷映房长。

独特的观察、独特的细节，散发着浓郁的乡土气息！这一类诗作还有许多，如《回乡感怀》《春访农家》等。建和兄的乡土乡情诗对于古代田园诗更有开拓。以盛唐时期王维、孟浩然为代表的田园诗人，大多是悠游隐居于田园的士大夫，其诗作往往是隐逸情怀的抒发。他们与田园生活最重要的内容农事、与农村生活的主人公农民总是有隔膜的。宋代范成大描写了农村生活的各种细节，以《四时田园杂兴》最为著名，以至于钱钟书先生在《宋诗选注》中谓之“也算得中国古代田园诗的集大成”。与范成大这类诗歌一脉相承，建和兄对于乡间田园的描写细致生动。与范成大退隐石湖作田园杂兴不同，建和兄在位而写作，其乡间田园诗，情更切，意更浓。如《迷仙》：“天路龙旋霄汉间，忽穿峰壑忽悬巅。云从谷底生魔彩，雾向湖心洗笋鲜。水困溪潭声若虎，花开野陌艳如仙。停车偶遇茶乡女，留我烹茗石涧边。”又如《忧农》：“布谷时分雨不休，河塘到处泛浑流。江南应是栽秧季，田野空芜令我愁。”作者喜以农、忧以农，此情可感，此志可嘉！

其三曰：得睿智之思。作诗功夫在诗外，古人以为作诗应才、学、识缺一不可。所谓识，是洞察力，也是思考力。诗人须能立于超出一般见识的维度，须有对于生活和生活中事件独特而深邃的思考，这种思考也是诗歌新意的渊薮。我们欣喜地在建和兄的诗集中读到了许多开启心智的诗作。

咏桃花

岂惧寒流妒意浓，如期赴约小园逢。
丛林漠漠迟无色，独木夭夭早有容。
愿洒芳华酬绿叶，任翻红雨却残冬。
谁言薄命多妖冶，唤醒东风一万重。

高考

高考硝烟业已残，几家愁苦几家欢。
位居金榜诚然喜，名落孙山聊自安。
砥砺人生时日远，峥嵘岁月路途宽。
可怜宁铂当年事，一代神童下圣坛。

我和建和兄同为七七级大学生，对于高考，对于知识改变命运，我们这一辈人有着深切的体会。但是，建和兄诗歌分明写出了不同的思考。这是在人生更长的时间、更广的空间观照下之所得，也是丰富的人生阅历凝练而成。

还有一首诗，特别值得关注，即《咏蝉》："耻做泥中物，趋炎欲驾空。低飞攀大树，浅唱蹑高风。饮露清名远，披绡宠态隆。霜寒何太逼，遁影去匆匆。"我曾在课堂上将卢思道、虞世南、骆宾王、卢照邻以至于李商隐的咏蝉诗放在一起比对，窃以为，唐代的咏蝉诗已经写尽了这一常伴长夏的小昆虫，唐以后，咏蝉诗很难再出新意。建和兄之咏蝉，有曲折情节与出人意表之结局，为咏蝉诗别出心裁之作。

我与建和兄曾在同一间教室度过四年时光。他笔下的岳麓山、潇湘水，我亦曾留下相近的青春记忆；他的诗词，更能引发我内心的共鸣。值此盛世和风、诗词结集付梓之际，我愿寄语建和兄：四时之景不同，人生之智无涯。期待不断开拓新诗境，收获新佳作！

（张海沙，暨南大学文学院教授、博士生导师）

格局　意境　见识

——读蔡建和君《星夜遥寄》之所感

陶第迁

近体诗创作沉寂近百年矣，当今似有复兴之迹象，其表征之一，便是出现了一批高水准之创作家，蔡建和君即其中之一位。

建和是诗人，亦是一位官员，虽久居政坛，而笔耕未辍。工作之余，又醉心于近体诗之创作，乡村走访，外地观摩，足迹所及，常以诗记之。尤其与我辈同学之间，诗趣相投之人，更极尽微屏唱和之能事，且乐此不疲。凡几年间，诗稿盈箧，一览之下，郁郁乎，蔚然有大观之象焉。

读建和之诗词，觉其佳处，在格局之大、意境之深、见识之高。

格　局

诗言志，诗之格局即人之格局。建和从政数十载，始终未忘初心，不改情怀，清风自适，才气照人。几十年养于胸中的浩然之气，发之于诗，便呈现为家国之怀、黎民之念、人生之思、亲朋之情等多重意旨及博大格局，且皆流之于心，出乎自然。此首《丁酉季春喜孙天降》诗或可窥其一斑。

丁酉季春喜孙天降

春雨春风大有年，老夫孙降谢尧天。
仰头长笑出门去，呼友狂奔抱酒眠。
家国千秋承景运，湖湘一脉有薪传。
无边新绿飞丹鹊，北望京华喜欲癫。

凡我辈之人，添孙之事，的确堪称天降之喜。无怪乎诗人大笑出门，呼友狂奔，始读大有杜子美《闻官军收河南河北》之快意。然所喜为何？“家国千秋承景运，湖湘一脉有薪传”，着眼者乃国家之未来，事业之后继。这决非诗人大喜过望之高调，而是一种植入意识深处之大局观，在诗人看来，家之小事又何尝不关系到国之大事！此等格局，与绕膝之乐、传宗之念，实不可同日而语。

临江仙·自嘲

日夜奔忙废寝食，归来恍惚三更。家门深闭寂无声。饥肠难入睡，辗转饮蛙鸣。

江海小舟非我有，位卑恐忘来程。映窗朗月引诗兴。甘为凡俗子，苦乐寄余生。

建和间而好为拟古之作，但唯仿其形，而不袭其意，借以抒写相似情景下之不同感受，读来别有一番意味。此首《临江仙·自嘲》无疑是拟苏轼同词牌之《夜饮东坡醒复醉》词。同样是三更归来，同样是家门紧闭，所不同者，在词人此时之感受。苏轼因谪居黄州，人生初遭失意，遂有忘却营营、泛舟江海以托余生之念。而建和勤政有为，所念者唯恐忘却初心，所求者乃甘于平凡而任其苦乐，其旨趣实在鞠躬尽瘁之意。笔者无意苛求古人应具现代人之境界，而所叹慕者，唯在建和之胸怀，所钦羡者，唯在建和之格局耳。

意 境

为诗之难，尤在诗境。诗歌之表情达意，需调动各种艺术手段和技巧，以期达到最佳之状态，这便是意境之营造。固诗境之高下，决定诗作之优劣。对诗境之追求，建和用力最勤，其效亦佳，可谓深得此中三昧。观建和之诗，或览景而御物，其情婉而蕴；或览古而驭典，其意幽而深。凡此种种，不一而足，且功夫之深，技法之精，或不让古人。其佳作于品味之间，往往而生余音绕梁、韵味无穷之感。

沁园春·秋感

千里相邀，牵手潇湘，萍岛合流。正夕阳斜照，波浮银屑，田翻金浪，山舞红绸。雁字横空，鸥群掠水，寥廓江天点点舟。秋如画，问当年宋玉，何故悲秋？

红尘总被烦忧，置物外、身情俱自由。且结庐闹市，抱真守朴；耕耘不辍，听任天酬。一片冰心，等闲际遇，四季风光尽好游。金风爽，更知音唱和，物我悠悠。

此词在建和诗词集中属上佳之品，亦是意境营造的代表之作。词中所写为永州萍岛之景：潇湘合流，碧波万顷，鸥雁横空，夕阳辉映，携好友以徜徉，置物外而览胜，其乐若何？词人油然而生者，乃远却红尘、心底空明之感，听任天酬、物我悠悠之悟。景为情设，情由景发，情景相融，意境生焉。有幸的是，此时笔者与词人及诸同学正结伴同游，对词人描写之物景，词中呈现之意蕴，感触尤深。余尝言，使此词置于宋之名家中，亦不为逊色矣。

咏浪

浪阔连天涌，雷霆日夜闻。
冲滩珠玉碎，撞壁雪花纷。
百折磨吴剑，千回助虎贲。
痴心图破石，深意付来君。

咏物诗为建和之所长，集中此类诗作精品亦颇多。其往往能通过准确之描写，赋予诗中意象深刻之内涵，营造诗歌深邃之意境。从表象看，此诗从多维度摹写浪之意象，重在展示浪之磅礴力量及不屈意志：浪声若奔雷，浪花似溅玉，浪击图破石。而在表象之后，是诗人激情之涌动，意绪之勃发。诗人予浪以人格化，以浪喻人，借浪遣意。浪与情之相激相融，便构成了诗歌浓烈之意境。

见识

诗重言情，然宋以后，则渐多以理胜者。大抵情理交互而相生，诗到深处，或情随理往，或理为情归。尤其在悼古感今、思人怀旧一类作品中，既发思古之幽情，又讽时事之是非，往往一议不可收。而在此类诗词中，诗人之见识便尤显重要。所谓见识，即诗人对所写意象之深刻认识及独到见解，尤其是对带本质性事理之洞察和发现，或阐发幽微，或颠覆认知，读来往往令人深省。建和诗词之独到处，亦在见识之高、之深、之新。

登杜甫江阁

月笼秋水碎波柔，独上江楼怀远舟。
身世奈何风浪去，圣名却被史诗留。
命乖岂是文章祸？潦倒还因国运休。
倘使少陵今尚在，湖湘画景任悠游。

杜甫《天末怀李白》诗曰："文章憎命达，魑魅喜人过。"诗中既是子美对文章与命运之乖违所做的思考，亦是诗人对李白一生怀才不遇之境况所发的感叹。既写李白，亦是自况。然而在建和看来，"命乖岂是文章祸？潦倒只因国运休"。个人命运虽决定于诸多因素，但其根本原因在国运，国家之兴衰决定个体之荣辱。显然，这里诗人对人生遭际所做出的思考与认知，已远远高出古人矣。

咏蝉

耻做泥中物，趋炎欲驾空。
低飞攀大树，浅唱蹑高风。
饮露清名远，披绡宠态隆。
霜寒何太逼，遁影去匆匆。

蝉是古诗词之重要意象，其内涵多为高标傲世、清苦自适之象征。咏蝉以虞世南、骆宾王、李商隐之诗最负盛名，被称为唐代咏蝉之三绝。而建和此诗则以独有之视角及精到之描写，彻底颠覆了对蝉之固有认知。诗中所呈现者，乃是一个趋炎附势、争荣邀宠又畏难退缩之伪君子形象。如此标新本难度极大，而诗人写来又举重若轻，此中所透见的，是诗人不凡的见识及深厚的功力。而中国咏蝉诗从此亦多了一首佳作，幸矣！

然而，所幸者岂仅于《咏蝉》之一诗乎？《星夜遥寄》之问世，亦是近体诗坛之幸事。

（陶第迁，南方都市报执行总编辑、高级编辑）

后记

出书就是自己给自己找事做，整个大半年节假日足不出户，就是赶着整理修改书稿。现在终于可以交出版社了，尽管有点“丑媳妇怕见公婆”的忐忑，也有点“功夫不负有心人”的小确幸。

这本诗集得以出版，首先得感谢两个人，一个是江湖行吟的饱学之士刘杰先生，一个是报界才女詹春华女士。刘杰先生精通近体诗词写作，对每首诗词的声韵格律进行了把关。春华女士擅长诗词赏析，不但承担了大部分品鉴的写作任务，还对全部品鉴进行统稿，任务非常艰巨，为此付出了很多心血。

感谢北京大学教授廖可斌、暨南大学教授张海沙、南方都市报执行总编辑陶第迁为本书写序写评。他们虽是我大学同学，但都是学界鸿儒，惜墨如金，能够屈尊为拙作写大序大评，而且专挑好听的说，真有点勉为其难。

感谢湖南省委原副书记文选德，中南出版传媒集团股份有限公司董事长、著名作家、评论家龚曙光，湖南省作协主席、著名作家王跃文，著名学者、华南师大教授蒋寅，著名诗人熊东遨，湖南省作协副主席、著名评论家龚旭东为本书题词。

感谢家兄子定为本书题写书名。

感谢湖南省画院旷小津、周华平、丁虹、李亚辉、玲子等知名画家为本书插画。

感谢胡先林、刘古卓、龙国庆、林庆辉、曾绍皇等老同学和朋友参与品鉴写作。

感谢湖南文艺出版社出版拙作，他们精心指导，严格把关。

杨艳群、谢婷等诸多同事朋友为本书出版做了大量具体工作，这里一并致以衷心感谢。

写于庚子新正

图书在版编目(CIP)数据

星夜遥寄 / 蔡建和著. -- 长沙 : 湖南文艺出版社,
2020.5（2020.6 重印）
ISBN 978-7-5404-7462-1

Ⅰ. ①星… Ⅱ. ①蔡… Ⅲ. ①诗词－作品集－中国－
当代 Ⅳ. ①I227

中国版本图书馆CIP数据核字(2020)第033850号

星夜遥寄

XINGYE YAOJI

蔡建和/著

出 版 人 曾赛丰
品　　鉴 詹春华
责任编辑 杨晓澜　苏日娜
责任校对 彭　进
书籍设计 肖睿子

出版发行 湖南文艺出版社
（长沙市雨花区东二环一段508号　邮编：410014）
网　　址 http://www.hnwy.net
印　　刷 长沙超峰印刷有限公司
经　　销 新华书店
开　　本 640mm×970mm 1/16
印　　张 16.5
字　　数 190千字
版　　次 2020年5月第1版
印　　次 2020年6月第2次印刷
书　　号 ISBN 978-7-5404-7462-1
定　　价 69.00元